淵遠流長話臺語

王華南———編著

▎淵遠流長話臺語　筆者自序

　　大約二十多年前，台灣人民開始對民主自由表達出較強烈追求意願，連帶激起台灣本土意識抬頭，其中最具體表現就是對處於奄奄一息之台灣語文突然恢復生機。自1990年代起，出現幾種台語字典、辭典，對於台語未來發展卻產生各種不同論述見解，在拼音方面首先出現教會（基督教）羅馬拼音字衍生種，後來又有自創品牌，在文字方面更分成羅馬拼音字和漢字兩派，而漢字派又因個人主張選用不同漢字來表達，一時間幾乎是「百家齊鳴」，筆者曾受遠流出版公司之託參與校對一本大字典，當時才體會到找出正確台語漢字是一件大工程。校完後，筆者就下定決心，一切從頭開始，積極收集有關台語資料（包括書籍、專論等），對漢語音韻、漢字本意探源再下工夫研究。在1992年及1998年得到台原出版社發行人林經甫先生鼎力支持出版《實用台語詞彙》、《台語入門新階》，反應還可以，而《實用台語詞彙》竟然有三刷，筆者深感欣慰。2004年暑假承蒙僑務委員會邀請前往美國做12場台語教學示範，5月初決定受邀時，得到僑務委員會贊助，在出發前趕工完成出版《簡明台語漢字音典》。2005、2006年暑假受美國台灣人同鄉會及長老教會邀請前往美國各做10場台語文演講，得到當地台胞熱烈歡迎和肯定，幾位前輩一再鼓勵筆者繼續發表研究心得。2006年自美國回台後，亦積極投入鄉土語言教學，一些臺語教師希望筆者能以實用、趣味性筆調編作一系列有關語言、聲韻、文字研究書籍，一則可供中文或其他語言系所學生做為聲韻、文字學之入門參考，二則做為一般人了解漢語聲韻、字音及字義演變之知識性讀物，於是將筆者近十多年來苦心研究分享讀者大眾，幫助有心學者得到捷徑來探索漢語之堂奧精華。筆者認為可將《**淵遠流長話臺語**》當做認識臺語之基礎讀本，由衷盼望能讓大眾

了解「**台語保存古代文字音韻**」、「**台語是化石級語言遺產**」，更深入一層體會「**台語之優美典雅**」。

本書共分12章，包含三大部分。

第一部分從聲韻、聲調了解台語實際發音（漢語古音）及**台語、北京話根源**：

第1章探討**中國話、北京話、國語、普通話、華語**等名稱之實際內涵。

第2章介紹**台語根源以及台語由泉州、漳州、廈門三大音系組成**，並且探討「河洛話」之起源。

第3章介紹**台語發音結構及標音符號**，先讓讀者了解本書所採用之標音符號，以便體會後述文中之實際發音。本書採取國際音標和ㄅㄆㄇ注音符號並列方式，提供讀者選擇較熟悉方式來拼音。

第4章介紹**台語三大音系、特殊腔調及聲韻**。

第5章介紹**台語「規則變調」及「不規則變調」**之原則及實際運用情形。

第6章介紹**台語口語中實際發生之變韻**，進一步發現該等台語漢字真面貌（解決不知實際正字之困擾）。

第二部分包含：

第7章**何謂反切？漢字發音如何切合？**當讀者了解聲韻學入門之基本原則，對於其他古籍之論述自然更加容易通曉理解，成為本書最大實用之處。

第8章舉例說明台語**漢字基本八聲調符合古代切韻**，證實台語保存古代聲韻，當讀者能發出正確台語聲調音韻，所有古代聲韻立即重現於今世。

第9章介紹**聲韻學入門書——康熙字典**，成為印證「台語保存古代聲韻」之最有說服力根據。

第10章介紹**字形及聲韻方面重要古籍**，指引有志者做進一步研究。

第11章**以台語古音解讀古文**，台語如同一把珍奇鑰匙，開啟古韻大門可探知古文真正原意，使得本書具有知識性和趣味性。

第三部分使讀者學以致用：「利用台語學日語」

第12章**從日文假名印證台語保存漢唐古音**，「利用台語漢字發音學日語」成為學習日語捷徑，亦使得本書具有特殊實用性，提高本書附加價值。

本書引用資料最主要是參考康熙字典。

一、康熙字典原書所載之「字母切韻要法」

因不少新修編版本之主事者大都已不解古代聲韻，對於原書在字典正文前之「字母切韻要法」等附錄資料，自認為在今日已失原有價值而刪去。實在是因為不少漢字由切韻法所得之正音和當今之北京話發音相差甚大，亦即北京話之漢字發音無法用古代字書之切韻法來表示，講白了，就是切不出來，尤其是北京話無入聲，所以根本無法和古音有所連結。而臺語漢字發音是正宗古音，因此字字相符。請讀者詳見本書所引之例。

茲先舉三例說明：

1.「失」見《廣韻》：「式質切」，「式」發「siék」取「s」及陰入調為聲母、「質」發「chít」取「it」及陰入調為韻母，切合成陰入調「sít」。

「式」、「質」在北京話發「ㄕˋ」去聲、「ㄓˊ」陽平聲，切不出「ㄕ」。

2.「而」見《廣韻》：「如之切」，「如」發「jî」取「j」及陽平調為聲母、「之」發「chi」取「i」及陰平調為韻母，切合成陽平調「jî」。

「如」、「之」在北京話發「ㄖㄨˊ」陽平聲、「ㄓ」陰平聲，切不出「ㄦˊ」。

3.「吃」見《集韻》：「欺訖切」，「欺」發「khi」取「kh」及陰平調為聲母、「訖」發「kít」取「it」及陰入調為韻母，切合成陰入調

「khit」。「欺」、「訖」在北京話發「ㄑㄧ」陰平聲、「ㄑㄧ丶」去聲，切不出「ㄔ」。

二、選自新修編版本康熙字典附錄之「歷代重要字書表」中所列之

1.《說文解字》2.《玉篇》3.《類篇》4.《切韻》5.《唐韻》6.《廣韻》7.《集韻》8.《禮部韻略》9.《韻會》10.《平水韻》11.《中原音韻》12.《洪武正韻》等上述十二本書，其係康熙字典在每一個字之發音、釋義方面引用最多的字書。

其次是參考許成章大師所著之「臺灣漢語辭典」、陳冠學大師所著之「臺語之古老與古典」，其中舉了不少例說明臺語漢字出自古籍，可上推論語、孟子、禮記、漢書、世說新語等。

對於諸位前輩、讀者一再支持、鼓勵及愛顧，筆者在此謹致最高敬意和謝意。

筆者王華南為序於2015年8月18日

 先慈之內公（內祖父）為前清秀才，先慈之父──「陳明發」（即筆者外公）為日治時代之台灣總督府國語學校（國立台北教育大學之最早校名）第一屆畢業生、任教於台中龍井公學校（精通漢文），據先慈口述外公經常訓示子孫不可忘漢文、漢話（即河洛話），先慈畢業於日治時代之彰化高女暨師範科後回龍井公學校任教。筆者就讀小學時，先慈常教吟唱唐詩、漢詩韻律。還記得唸國小三、四年級時，有幸得到「林福楨」漢文先生啟蒙以台語教導三字經、四書及詩經等，使得筆者略曉漢學，啟發筆者研究台語漢字研究興趣，至今將近三十年。當筆者為序時，懷念先祖遺訓、先慈教唱、林先生啟蒙教導，特表追思、感恩之情。

目次

第一章、中國話、北京話、國語、普通話、華語

一、官話、北京話

「官話一詞」早在北宋已使用「官話」一詞，當時京都位於河南之開封府，在京為官者多使用北方漢語，民間稱呼當官者所用話語為「官話」。元代定都於大都（即今之北京，其意為天下最大之都），蒙古人入關後學習北方漢語，混雜胡語（蒙古話為阿爾泰語系），逐漸形成新種之胡化漢語（簡稱胡漢語）。明代（公元1368－1644年）開基祖朱元璋（明太祖）趕走關內蒙古人，平定北方，將大都改名北平，但將京都定於南京。明成祖朱棣（公元1360－1424年）奪得皇位後，於永樂元年（公元1403年）改北平為北京，永樂十九年正月，明朝政府正式遷都北京，以順天府北京為京師，南京做為留都。清代（公元1644－1912年）亦定都北京，滿州人（滿州話亦為阿爾泰語系）入關後學習北方之胡漢語，夾雜了古代漢語前所未有之捲舌音（即ㄓ、ㄔ、ㄕ、ㄖ、ㄙ、ㄦ，台語、日語皆無此等捲舌音）以及「ㄈ,f」輕唇音（台語、日語皆無ㄈ,f聲母），形成現今北京話語尾連帶強烈捲舌音，同時失去了古代漢語最完美、最值得珍惜之合口入聲。由於以往封建時期一般百姓稱王公、貴族、當官者為大人，清朝之大人以滿人居多，故稱為「滿大人」，而滿大人所言之胡化漢語就是清朝之北京官話，百姓要和大人打交道，自然就得學北京官話，流行所及，傳遍中國，北京官話成為清朝之國家通用語，北京官話簡稱北京話，北京話進階成為近代中國話之對等詞，近代日本人就將「北京語」等同於中國話。而英國人稱「北京話」為「Mandarin」，即源於「滿大人」所言之官話。

二、中國話國語之由來

1909年，清政府設立了「國語編審委員會」，將當時通用之北京官話正式命名為國語。

1912年中華民國正式成立建立，再度進行推動官方語言計畫。1913年中國讀音統一會制定了「國音」系統，其特點為「京音為主，兼顧南北」，具有入聲（成為當時最大笑話，北京官話已無入聲，因大多數與會者皆不知該如何發入聲，最後不了了之）。「中國讀音統一會」還制定了注音字母第一式。1918年由北洋政府教育部發佈，共計39個字母，排列以「ㄍㄎ」開頭；1920年改訂字母順序，增加一個字母「ㄜ」共計達40個。後來去掉「万v、兀g、广gn」三個字母（只做為標注其他漢語系使用），只剩現今使用之37個字母。至1924～1926年，增修國音字典委員會將國音修訂為「以北京普通讀法為標準」，即新國音。1930年中華民國政府把注音字母改稱為「注音符號」，正式名稱為「國語注音符號第一式」。

註 蒙古話和滿州話皆屬阿爾泰語系，蒙古人和滿州人先後入關學漢語，卻引起漢語重大改變，「北京話」成為最典型的胡化漢語。阿爾泰語系（Altaic languages），語言學家按照語言系屬分類方法劃分之一組語群，包括60多種語言，通用該語系語言人口約為2.5億，該語系主要集中於中亞及其臨近地區，語系主要由各個時期之入侵者帶來之語言和當地語言互相融合形成。「阿爾泰語系」主要有突厥語族、蒙古語族、通古斯語族和韓日——琉球語族（仍具爭議）四個分支。但是，大部分語言學家認為突厥語族、蒙古語族和通古斯語族三種語族之間並無同源關係，該等語族雖然有許多相同語法特點和共同辭彙，係因為此語系中之各民族長期接觸，互相融合而產生，彼此借用之結果，而並非原始語遺留下來之原始特徵。一般認為是蒙古語借用突厥語之辭彙和語法形態，目前此問題還在議論之中。土耳其語即屬於突厥語族（Turkic languages），契丹語（古代語言）和蒙古語屬於蒙古語族（Mongolic languages），女真語（古代語言）和滿語則屬於通古斯語族（Tungusic languages）。
The name, in Turkic Alytau or Altay, means Al (gold), tau (mount); in Mongolian Altain-ula, the "Mountains of Gold".前句英文即「阿爾泰在土耳其語和蒙古語、滿語皆為『金山』之意。」北宋時在東北之女真人建立「金國」，明代末年女真人之後裔「滿人」再度建立「金國」，歷史上稱為「後金」，「滿人」入關後建立「滿清帝國」。印證女真人、滿人屬於阿爾泰語族，所建立之國家以「阿爾」（金）為國名。

三、中國話國語之定形

1932年5月，中華民國教育部正式公佈並出版以新國音為《國音常用字彙》，代表現代中國話第一個通用系統——國語系統之正式成形。1932年到1949年之中國話廣播，基本上都採取了以《國音常用字彙》為基準之形式，各地之中國話通用語漸趨一致。

1949年以後中國話通用語之台灣國語系統、大陸普通話系統、東南亞華語系統，均源於此一時期中國話系統。

四、中國話國語在1949年以後之發展

1949年以後，台灣和中國大陸之中國話通用語（分為台灣國語系統和大陸普通話系統）各有不同發展。此外，在東南亞各地之華人，有源於中國話國語系統之華語系統。

（一）台灣國語系統

台灣自1945年起至1999年為止，一直以中華民國在大陸時期之國語發音做為唯一官方通用語，儘管大多數台灣人之「國語發音」與「官方通用國語」有明顯區別。2000年以後，大多數台灣人之「國語發音」已被台灣主流社會所接受，被稱為「台灣國語」，而來自中國大陸並不帶「台灣腔」之「中國話國語發音」已經不在台灣青年人中流行，成為了「老一輩大陸國語」。

（二）大陸普通話系統

中國大陸自1955年起，用普通話來稱呼中國之「官方通用國語」。按中國大陸相關機構解釋，「普通」二字涵義是指「普遍」和「共通」，不稱呼「國語」是對少數民族語言之尊重。普通話仍以北京音為基礎，和「老一輩大陸國語」相比，在單字發音上幾乎相同，但在聽感

（涉及到語調等，尤其是語尾捲舌音）、詞彙上又有不同。自1950年代起，中國大陸普通話已經開始變化，兩者間之差異亦逐漸擴增。直到目前，中國大陸普通話和「台式國語」已有相當明顯之區別。

（三）東南亞華語系統

在東南亞華人社區裏，一般場合所稱之華語是指中國話（Chinese）之意，但實際上，華語往往特指中國大陸之通用語「普通話」或「台灣國語」，而不指東南亞華人最常用之家鄉話如屬於南方漢語系之廣東話、潮州話、漳州話、泉州話等。東南亞華語之通用語大致繼承了老派中國話通用語體系，但是日常生活中東南亞華人之發音、詞彙甚至語法往往受到家鄉話和當地語言影響，與「普通話」或「台灣國語」有某些程度之差別。

（註）本書在說明字音時將近代胡化漢語之「國語」、「普通話」、「華語」以其共同根源之「北京話」（Mandarin）做為通用名稱。

第二章、台語根源和泉州、漳州、廈門三大音系

一、「台灣」地名之由來

「台灣」之「灣」發「uan」、「ㄨㄢ」在調值屬陰平調，即華語之第一聲。

「台員」之「員」發「uân」、「ㄨㄢˊ」在調值屬陽平調，即華語之第二聲。

所以就音調來講「台員」才正確，為何一般皆沿用「台灣」，其理由安在？

1622年荷蘭人初次航行接近現今台南之安平附近海域，曾在航海日誌記載：「正午接近Teyoan嶼北方約二浬處」，當時安平是一座沙洲型小島，四周被海水包圍，與「台員」本島尚未陸地連接。荷蘭船員原本問當地原住民「本地何名？」但語言不通，島上原住民則以部落名稱「Teyoan」告知，所以荷蘭船員就將該嶼稱做「Teyoan」。明代萬曆三十年（公元1602年）陳第之東番記依發音譯為「大員」，周嬰之遠遊篇譯做「臺員」，明代天啟元年（公元1621年）以當時安平至赤崁樓之海灣地形而改稱「臺灣」，鄭成功於1661年攻佔「臺員」後，改熱蘭遮城（荷蘭人用拉丁文稱為Zeelandia，原文之意為「海中之地」，荷蘭人在臺員嶼建造之城堡）為「臺灣城」，鄭氏三代經營期間，來自漳州、泉州各地之移民日眾，但一般移民皆稱呼「台員」或「大員」。

註 「熱蘭遮」（jièt-lān-jia ㄐㄧㄝˋㄊㄢˇ ㄌㄢˊ ㄐㄧㄚ）係「Zeelandia」依台語發音之音譯名稱。

漳州腔調發音為dāi-uân，台員之「台」由dâi陽平調變為dāi陽去調。

泉州腔調發音為dài-uân，大員之「大」由dāi陽去調變為dài陰去調。

雖然地名之漢字改為「臺灣」，但是最古早之發音「dāi-uân」（ㄉㄞ一 ㄨㄢˊ）或「dài-uân」（ㄉㄞˇ ㄨㄢˊ）卻流傳至今，所以筆者認為應該正本溯源，將「dāi-uân」或「dài-uân」之台語漢字正名恢復為「台員」，兼具教育民眾認識「台員」正名之歷史由來。

後來移民以「臺員嶼」（即安平）形狀頗似鯤魚之身，稱為「一鯤身」，其南面共有七個沙洲相連，分別稱為「二鯤身」、「三鯤身」、「四鯤身」、「五鯤身」、「六鯤身」、「七鯤身」，鯤就是鯨魚之別稱。玉篇對「鯤」之註解為「大魚」，「陸德明音義」：「崔譔云：鯤當為鯨。」但在台語之口語稱鯨魚為hai-aŋ（ㄏㄞ ㄤ），正字為「海鰞」。本草綱目：「漳州海中有海鰞魚。」

附記：紐西蘭地名之由來（語文演變之分享）

位於南半球的紐西蘭在1642年被荷蘭航海家塔斯曼（Abel Janszoon Tasman）發現，以拉丁文稱為「*Nova Zeelandia*」即「新海中之地」，後來改以荷蘭文稱為「*Nieuw Zeeland*」。1769-1770年英國航海探險家庫克船長（Captain James Cook）以英文稱為「*New Zealand*」（Zeeland之英文拼法應該是Sealand，庫克船長保留了荷蘭文發音拼成Zealand））。拉丁文「*Nova*」、荷蘭文「*Nieuw*」、英文「*New*」皆為「新」之意。

註 「鰞屬魚部，左為魚、右為翁。」

二、台語、河洛話根源

「台員俍」（台灣人）【dāi-uān-lâŋ，ㄉㄞ－ㄨㄢ－ㄌㄤˊ】祖先來自漳州、泉州、廈門，所以台語主要由漳、泉、廈三大音系組成，廈門話是將漳州話、泉州話混合而衍生。

漳州話由來：公元669年唐朝歸德將軍陳政及其子陳元光率中原五十八姓家族至漳州開拓，陳元光任第一代漳州刺史，因此傳至漳州之話音必然是唐朝之中原話。

泉州話由來：西晉末年五胡亂華時，北方漢人南下者佔中原人口六分之一，其中一部份遷至閩地。根據泉州府誌記載「晉江」地名之由來：「晉衣冠避地，沿江而居，故名。」由此可以推斷晉江俍祖先就是晉朝貴族、士族，晉江話必然保留晉代北方漢語。（晉江流域皆在泉州府境內，泉州市東北郊有洛陽江，江上有一座名橋稱為「洛陽橋」，建於北宋仁宗皇祐五年，即公元1053年。）

西晉京都位於「洛陽」，因位於洛水之陽（洛水之北岸）而得名，洛水注入河水（黃河在水經中被稱為「河水」），河水、洛水交會處係中原最富庶地區，在晉代稱為「河洛」，即晉代京畿地帶，當地居民被稱為「河洛人」，所言者為「河洛話」。

《四庫全書·百越先賢志》提要：「南方之國越為大，自句踐六世孫無疆為楚所敗，諸子散處海上，其著者：東越無諸，都東冶，至漳泉，故閩越也；東海王搖，都永嘉，故甌越也；自湘灕而南，故西越也；牂柯西下邕、雍、綏、建，故駱越也。統而言之，謂之百越。」現今越南【uàt-lâm，ㄨㄚㄊˇ ㄌㄚㄇˊ，越南文Việt Nam】係位於百越之南而得名，廣東省簡稱「粵」和「越」【uāt，ㄨㄚㄊ－】同音。越國即

（註）《莊子·庚桑楚》：「工乎天而俍乎人者」，在台語稱「幾工」【kui-kaŋ，ㄍㄨㄧ ㄍㄤ】即北京話「幾天」之意，「工乎天」即「工就是天」之意；在台語稱「俍」【lâŋ，ㄌㄤˊ】即「人」【jîn，ㄐㄧㄣˊ】之意，「俍乎人」即「俍就是人」之意

商族本部，因此商族勢力向南退縮，如今和台語同脈之商語系分佈於太湖附近及浙江沿海諸島嶼，可得引證。秦滅六國，位居浙江以南之越國亦被併吞。《史記・東越列傳》：「秦已併天下，皆廢為君長，以其地為閩中郡。」秦末群雄紛起，閩越趁機復國，得到漢高祖劉邦承認。至漢武帝時，閩越、東越（為爭地盤）相互攻伐不已，遂遷越人至江淮之間監管以免再生事端，但仍有不少強悍越族逃至山中。三國東吳曾設建安郡，越人不服統治，經常出山起事，畢竟人數較少，不敵大軍壓境，又退至山區及海島，甚至向南遷移，其中幾支到達漳州、泉州。所以在西晉之前，漳泉兩地之原住民就是越族之後代，泉州之惠安人尚保留古代越族之習俗。

當夏禹在中原建立夏朝時，「契」在江南亦建立「商」族王朝，契傳十四世至成湯滅夏而有天下，「湯」成為「商」代開基祖，「台員偯」（台灣人）早餐必飲糜【mûe，ㄇㄨㄝˊ，即「粥」】湯【tŋ，ㄊㄥ，陰平調做為名詞】，午餐、晚餐一定要配菜湯，以此念祖「商湯」。「湯」【tŋ，ㄊㄥ－，陽去調做為動詞】另有一意為溫，將冷湯再溫熱曰：「湯乎燒」【tŋˋ-hɔˋ-sio，ㄊㄥˇ ㄏㄛˇ ㄙㄧㄛ】，其源可參見《山海經》：「湯其酒百樽」注「溫酒令熱」。在台語以水洗滌搖動碗盤稱為「盪」【dŋ，ㄅㄥ－】，見《說文解字》：「盪，滌器也」、《廣韻》：「滌盪，搖動貌」。「被燙到」在台語曰：「燙著」【tŋ -diòh，ㄊㄥˇ ㄅㄧㄛㄏˇ】。上述「湯」【tŋ，ㄊㄥ】、「湯」【tŋ，ㄊㄥ－】、「盪」【dŋ，ㄅㄥ－】、「燙」【tŋ，ㄊㄥˇ】皆為台語之口語音，亦即保存上古之商代語音。在上古時代商人馴服象，以象耕田，部隊騎象組成象軍，象棋原來是象軍指揮官做沙盤推演時所用之兵棋，後來成為士兵休閒消遣之玩具，在象棋中「相」「象」棋子走「田」字步，可以印證「商人以象耕田」。至於象棋中為何用「相」，「契」之子「昭明」、「昭明」之子「相土」，「相土」是一位雄才大略君王，率象軍北上攻向中原，所以「相」即「相土」簡稱。商人騎象，「人」「象」合為「像」，「像」成為最典型之象形及會意字，用台語發「商、上、尚、象、相」為「siɔŋ、siɔŋ、siɔŋ、siɔŋ、siɔŋ，ㄙㄧㄛ－

ㄙ、ㄙㄧㄥˉㄥ－、ㄙㄧㄥ－ㄥ－、ㄙㄧㄥ－ㄥ－、ㄙㄧㄥ－ㄥ∨」，除去聲調就可發現基本音皆出自「商」字發音「sioŋ，ㄙㄧㄥ一」。而「相」字在台語有三個聲調，「相好」之「相」發陰平調【sioŋ，ㄙㄧㄥ一】，「互相」之「相」發陽去調【siōŋ，ㄙㄧㄥ－】，「宰相」之「相」發陰去調【siòŋ，ㄙㄧㄥ∨】，由此可以推測「商人」在造和「商」相關字時，以「商、相」字之陰平調為基本音調，再延伸出由陰平調變調之陽去調去配「上、尚、象」及「互相」之「相」音調，接著由陽去調變調之陰去調去配「宰相」之「相」。

商傳至紂王為西方狄族（即周族）所滅，周族在初期只佔領商國都附近一帶，在東方之商族部眾整隊集結，仍試圖反攻復國。周武王死後，周公輔佐成王，奉派監視武庚（紂王之子）之管叔、蔡叔懷疑周公謀篡王位，武庚趁機煽動管叔、蔡叔起兵，在東方之商族部眾見機響應西攻，史稱「管蔡之亂」。周公親自領兵東征，苦戰三年，商族復國運動終歸失敗。留在河洛一帶商民上階層被迫遷至洛邑（今洛陽市西）當奴公營建新都「成周」，下階層被分配至衛、魯國當農奴，亡國者命運十分悲慘，商民被迫分散至河洛各地成為最基層民眾，商民所保存語音就成為日後之「河洛話」。在東更遠幾支商族先退至今之淮河下游臨東海處，再退回江南，發展工商業，最著名即利用銅、錫鑄成鐘鼎，開啟青銅文化。現今江蘇省無錫縣在商、周兩代大量產錫，至漢代初期開採殆盡，有錫變無錫，因此設無錫縣。現今台語稱烹煮之器具為「鼎」【diáñ，ㄅㄥㄧㄚ∨】，即源於商代「鑄鼎」。商族善理財、買賣，因此周公稱生意人為「商人」。至東周王室衰微，商後裔吳越趁機興起於江南，吳王夫差曾率兵車北上中原會諸侯，越王句踐滅吳，國勢鼎盛時曾徙都山東琅琊，與周室之諸侯國相抗衡，成為東方霸主。孔子之弟子「子貢」為大富商，史記將子貢列為貨殖篇之第一人，可謂期貨之祖師爺。「子貢」、「商鞅」（秦王用商鞅變法而富強）皆為商族之後代，

註 《呂氏春秋・古樂篇》：「商人服象為虐東夷，周公以師逐之，至於江南。」
說明「商人馴服象組成象軍」以及「商軍被周軍擊退到江南」兩件史實。

「台員倲」（台灣人）會做「生理」【sieŋ-lí，ㄒㄧㄝㄥˊ ㄌㄧㄟ\ 即生意】，其來有自。

三、泉州話為台語根源之一——應為「河洛」（hò-ló）（ㄏㄛˇ ㄌㄛˋ）而非「福佬」

在台灣稱祖籍來自福建省漳州、泉州之移民為「hò-ló ㄏㄛˇ ㄌㄛˋ」，通常以為該詞是指來自福建之移民，所以寫成「福佬」，其實不然。

今之福建省在宋代分設五州，即福州、建州、泉州、漳州、汀州，漳泉原本不屬福建（原僅指福州、建州），何來「福佬」指漳泉人士之講法？1278年（元朝至元十五年），設福建行中書省於泉州，三年後省會遷福州。雖然設省之後，在行政上漳泉歸福建省管轄，但至今亦未聞所有福建人被稱為「福佬」，若僅稱漳泉人士為「福佬」，顯然以偏蓋全、不合理，因福建西南部（永定、上杭、武平，以及連城南部，長汀南部）通行汀州片客家話，俗稱當地客籍人士為汀州客家人。

「河洛」一詞中之「河」係指「河水」，「河水」即今之黃河，「洛」係指「洛水」，兩水交會處古稱河洛之地，為中原之中心精華地帶，史記謂夏、商、周三代之君，皆在河洛之間，即河洛為三代君王之王畿，其中之洛陽即東周、東漢、西晉之京都，西晉因五胡亂華而亡，河洛衣冠人士紛紛往南遷徙避難，抵達現今泉州境內，沿江而居，故稱為晉江。茲引下列佐證：

> 註　周人為狄族，可以由「人」「周」之會意字「倜」和「逖」之古音（台語亦然）皆發【tiék，ㄊㄧㄝㄍˋ】來互相佐證。而「狄」字之古音（台語亦然）發【diēk，ㄉㄧㄝㄍ一】，和「倜」、「逖」之基本韻母皆為【iek，一ㄝㄍ】，集韻訓詁：「逖亦作狄」。
> 「倜」「逖」見《唐韻》皆記：「他歷切」，取「他ta，ㄊㄚ」之陰清聲母「t，ㄊ」和「歷liēk，ㄌㄧㄝㄍ一」陽入聲調韻母「iek，一ㄝㄍ」，合成陰入聲調【tiék，ㄊㄧㄝㄍˋ】。
> 「狄」見《唐韻》：「徒歷切」，取「徒dô，ㄉㄛˊ」之陽濁聲母「d，ㄉ」和「歷liēk，ㄌㄧㄝㄍ一」陽入聲調韻母「iek，一ㄝㄍ」，合成陽入聲調【diēk，ㄉㄧㄝㄍ一】。

1. 《三山志》所載：「永嘉之亂，衣冠南渡，如閩者八族。」

2. 據舊志載泉州之晉江，因「晉衣冠避地，沿江而居，故名。」

3. 〈東都賦〉（東漢班固作）：「立號高邑，建都河洛，紹百王之荒屯，因造化之蕩滌，體元立制，繼天而作。」

   東都即指洛陽，因位於長安之東而稱為「東都」，又稱為東京。

4. 〈西都賦〉（東漢班固作）：「蓋聞皇漢之初經營也，嘗有意都河洛矣。」

   西都即指長安，因為於西部而稱為「西都」，又稱為西京，今之西安也。

5. 〈南都賦〉（張子平作）：「皇祖止焉，光武起焉，據彼河洛，統四海焉。」

   光武即指東漢第一位皇帝劉秀（年號建武），劉秀將東漢京都設於洛陽。

「河」本調屬「陽平」（hô ㄏㄛˊ），依泉州腔變調為「陰去」（hò ㄏㄛˇ），而泉州人之祖先大多於西晉末年逃離「河洛」至晉江流域避難，由此可推泉州話必留西晉之古音。

「福」（hŏk ㄏㄛㄍˋ）之本調在台語、古漢語皆為「陰入」調，若「福」之後連接「佬」字，按變調規則應轉為高入調（hŏk ㄏㄛㄍ），不符合「陰去」調之「hò」（ㄏㄛˇ）音。

「洛」之文讀音（lōk ㄌㄛㄍ一）本調屬「陽入」調，口語音（lōh ㄌㄛㄏ一）轉為「陽輕」調。

「洛陽橋」橫跨泉州市東北郊洛陽江中之萬安渡上，建於公元1053年（北宋仁宗皇祐五年），當地人稱洛陽橋為「lòh-iùñ-kiô」（ㄌㄛㄏˇㄙ一ㄨˇㄍ一ㄛˊ）。

和「洛」同韻之「樂」文讀音亦發「lōk」（ㄌㄛㄍ一），而「樂」之另類發音（通稱破音字）可見《唐韻》另註：「魯刀切」，由魯lŏ（ㄌㄛˋ）、刀do（ㄉㄛ）切合成ló（ㄌㄛˊ），同理亦可訓「洛」之另一口語音為「ló」（ㄌㄛˊ）。此種由入聲調轉為非入聲之上聲

調，影響日後北京官話之發音將「洛ló」（ㄌㄛˋ）轉發為「洛luó」（ㄌㄨㄛˋ），即今日華語之「洛」發「ㄌㄨㄛˋ」。

四、漳州話為台語根源之一

台語包含泉州、漳州、廈門三個語系，在「河洛」一詞之解說中已經介紹泉州話源於西晉末年之中原「河洛」京畿一帶口音，而漳州話又源於何代？

唐代垂拱二年（西元686年）始建州治於漳江之畔（今雲霄境內），故名漳州。陳元光（657－711年），字廷炬，號龍湖，唐代河南光州固始人。總章二年（669年），隨其父歸德將軍陳政率中原子弟兵先後入閩平亂。陳政去世後，陳元光襲父職，拓土開疆，創立漳州，為首任漳州刺史。期間，陳元光屯兵閩南四境，且戰且耕，融合漢族及原住民族，興學辦校（帶入漢字文讀音），獎農助耕，惠工通商。在陳元光倡導下，隨軍入閩之中原64姓將士攜眷落籍漳州，並鼓勵軍中年輕人與當地民眾聯姻，使軍民安居樂業。景雲二年（711年），陳元光以身殉職。民眾感其恩德奉其為「開漳聖王」。之後，其子陳珦、孫陳酆、曾孫陳謨相繼擔任漳州刺史，祖孫6代承先啟後開設漳州、治理漳州計150年，深受百姓愛戴。

固始位於淮河之畔，隸屬豫南（今之河南）信陽。東漢建武二年（公元26年），光武帝劉秀封其妹婿大司農李通為固始侯，縣名改為固始，由此沿用已有近兩千年。縣志記載，固始是取「堅固初始」之意。1953年台灣官方戶籍統計，當時戶數在500戶以上之100大姓中，有63姓氏族譜上均記載其先祖來自河南「光州固始」。此63姓氏共670,512戶，佔當年台灣總戶數828,804戶之80.9%。

「固始緊靠淮河，水系發達，水運方便，當年固始人南遷即利用水路之便。」在泉州一條古街上曾發現一塊石碑，即上述遷徙實証。石碑上記載唐代固始人遷徙入閩路線圖：由三河尖碼頭乘船起航，入洪澤

湖，進長江水系，經江西之贛江、汀江，終入閩地。如今固始地區方言和漳州話相近，更可印證此段史實。

固始地區位於河南省東南部，東與安徽省為鄰，區內主要河流為北界之淮河及由南向北注入淮河之史灌河（上游左為灌河、右為史河），三河尖位於史灌河注入淮河之交會處。

在河南省信陽市最南和湖北省交界處有一風區叫「雞公山」，在武漢至北京鐵路之右旁，依當地方言稱呼和台語相似，近代北京話稱「公雞」，在古代漢語（即現代台語）則稱為「雞公」【kē-kaŋ，ㄍㄟ－ㄍㄤ】，「雞公山」顯然保留古代漢語稱呼，此乃又一實證。

台灣（台員）第一大姓──陳姓始祖陳元光即在唐代入閩

唐高宗總章二年（公元669年），泉、潮州間發生「蠻獠」、「嘯亂」，陳元光年僅13歲隨其父「嶺南行軍總管事」陳政率府兵3600名，將校123員，共45姓（史載：除一許姓將校不能確定外，其餘皆固始籍），南下「征蠻」。

隨後，朝廷又派陳政之兄陳敏、陳敷率領固始軍校58姓，入閩救援。儀鳳二年（677年）四月，陳政卒，由其子陳元光（年方20歲）代父領兵，經過9年戰爭，局勢平定。

據史書記載陳氏父子及其家族所率領將校、兵員大多為河南「光州固始」人，而光州在「河洛」附近，所言必為唐代「河洛話」，此批軍人中亦有攜眷落籍漳州，亦有和當地原住民通婚，即成為現代漳州人之先祖，漳州話保存唐代古音，以漳州話吟唐詩必能押同韻，若以現今北京話（即大陸之普通話）吟唐詩，其中多首不得押韻。

五、廈門話亦為台語根源之一

　　廈門位於福建南部九龍江出海口附近,包括廈門島及鼓浪嶼,金門島在其東方。晉代時為晉安郡同安縣轄地,五代・宋以降歸屬泉州。在明代(1387年)築廈門城而起名。明末清初鄭成功在1650年佔據廈門,命名為思明(思念明朝)。1680年被清軍佔領廢思明、改稱廈門。1684年清朝開放對外貿易,廈門對東南亞各地及對台灣(台員)貿易大增,港市繁榮,吸引附近漳州、泉州人來此謀生。1841年鴉片戰爭英軍曾佔領廈門,依據1842年8月29日清朝與英國簽訂之南京條約,廈門開放為對外國人之通商口岸(其餘四口為廣州、福州、寧波、上海),英國商人積極開發港埠,再度吸引漳州、泉州勞工。1860年起成為烏龍茶之輸出港而聞名海外各地,1862年設置英國租界、1902年在鼓浪嶼設置共同界,外國商社在此設立洋行、商館。之後,廈門輸出之烏龍茶受到日本茶、台灣茶之競爭而沒落,但是仍然成為漳州、泉州人移民至東南亞之主要海港,對東南亞貿易依然維持興盛。由於廈門自1684年至1842年約一百六十年來,漳州、泉州人不斷移入混居通婚,互相影響語言腔調,逐漸形成「亦漳亦泉」、「不漳不泉」之特殊混合腔調,亦就是俗稱之「廈門話」。「亦漳亦泉」、「不漳不泉」指「廈門話」「亦似漳州話亦似泉州話」、「既不像漳州話亦不像泉州話」。

　　1850年代以後,在廈門之英國商人來台灣北部最大商港淡水拓展商務,同時亦吸引廈門人來此經商、移民,其中最成功者為「李春生」,後成累積成為北部首富,但李氏為虔誠基督教徒,一生中捐獻無數包括建教堂、學校,行事低調甚至為善不欲人知。以致如今,除其後代及研究台灣史者,知「李春生」者少矣。

註 《「陳」做為姓時,在台語發【dân,ㄅㄢˊ】,「陳」在台語文讀時發【dîn,ㄅㄧㄣˊ】,「陳列」在台語文讀時發【dīn-liēt,ㄅㄧㄣー ㄌㄧㄝㄊー】。

目前在淡水及台北舊社區如萬華（舊名「艋舺」係原住民語Vanka／Banka，其意「獨木舟」，日本人佔領後改名萬華，萬華之日語漢字發音為man-ka和艋舺諧音bang-káh ㄅ゙ㄤ・ㄍㄚ）、大稻埕（台語正字應為「大秞埕」duà-dùi-diâñ ㄉㄨㄚˇ ㄉㄨㄟˇ ㄉㄥㄧㄚˊ）等地主要通行廈門腔台語，板橋、士林、內湖等地則通行漳州腔台語，社子島、松山、南港等地則通行泉州腔混合廈門腔台語。

正港（chiáñ-káŋ）台語稱「鋼筆」為「萬年筆」

日語稱「鋼筆」為「まんねんひっ，bannenhitsu」，漢字寫做「萬年筆」（因可使用很久而得名）。日本佔台時，將「萬年筆」引入台員（台灣），台語就按漢字發音為「bàn-liēn-pít，ㄅ゙ㄢˇ ㄌㄧㄝㄣ－ㄅ゙ㄧㄊˋ」。

第三章、台語發音結構及標音符號

　　為了使得讀者明瞭本書對古代漢語和台語之實際發音，筆者先介紹台語音之結構方式和本書中所用之標音符號，筆者採用新國際音標式（簡稱新國際式）和新注音符號式（簡稱新注音式）兩者並列，如果讀者學過英語可模擬國際音標或美語K.K.音標則極易明瞭並拼出實際發音，一般會拼ㄅㄆㄇㄈ注音符號之讀者只需對入聲母音和濁聲子音稍加用心擬音揣摩練習應可入門再進階登堂入室。

一、國際音標

　　國際音標（The International Phonetic Alphabet，簡稱IPA）是一套提供語言學家用來標示人類所能發出各種聲音（指單音或音素）之語音符號，以做為標示所有語言中語音之通識符號，其中大多數符號皆取自或衍生自羅馬字母之小寫印刷體，其他有些來自希臘字母，有些則顯然與其他任何字母毫無關聯。

　　國際音標獲得世界上大多數國家語言學家和語言教師所接受，許多語言學著作、辭典和教科書都是採用此套標音符號系統。

　　國際音標最早於1886年，由法國語言學家保羅・帕西（Paul Passy，生於1859年、卒於1940年）帶領一群英國和法國語言教師基於教學與研究上需要，而在「國際語音學協會」贊助下所共同研究發展，並於1888年公佈。最早之國際音標是根據斯威特（Henry Sweet，1845－1912年）制訂之羅馬字母，但之後又再經過數次修正，在1993年出版一次修訂版本，並於1996年又更新一次。每次修改都刊登在該會出版品《語音教師》（法文稱為 *Le Maître Phonétique*）上。

2000年11月國際語音學協會（International Phonetic Association）和英國劍橋大學出版社（Cambridge University Press）簽約出版《國際語音學協會雜誌》（The Journal of the International Phonetic Association，JIPA）取代《語音教師》。

二、台語發音結構方式：分兩種

一個漢字之字音結構可分為「聲」、「韻」、「調」三部分，或者叫做「聲母」、「韻母」和「聲調」。「聲母」即英文文法所稱之子音（consonant），「韻母」即英文文法所稱之母音（vowel），「聲調」即英文所稱之「tone of phonetics」。

而台語發音結構分兩種：

（一）只由「台語母音」（韻母）發出聲音，再配上聲調。

（二）由「台語子音」（聲母）和「台語母音」（韻母）結合發出聲音，再配上聲調（聲調部分另有專章詳述）。

三、台語母音（韻母）有五大類

1. 台語單母音（單韻母）有8種

1h. 台語單母音（單韻母）輕聲化有4種

1ñ. 台語單母音（單韻母）鼻音化有4種

2. 台語雙母音（雙韻母）有8種

2h. 台語雙母音（雙韻母）輕聲化有7種

2ñ. 台語雙母音（雙韻母）鼻音化有6種

3. 台語三母音（三韻母）有2種

3h. 台語三母音（三韻母）輕聲化有1種

註　本書採用兩種標音系統，為配合標記台語特殊發音和聲調：
1. 將國際音標略做增補之【新國際音標式】簡稱【新國際式】
2. 將注音符號略做增補之【新注音符號式】簡稱【新注音式】

3ñ.台語三母音（三韻母）鼻音化有1種

4. 以「唇、舌、顎」聲收音之台語母音13種

5. 台語單母音（單韻母）全鼻聲有2種

第一類：台語單母音

> 1. 台語單母音（單韻母）有8種
> 1h.台語單母音（單韻母）輕聲化有4種
> 1ñ.台語單母音（單韻母）鼻音化有4種

1.台語單母音（單韻母）有8種（ə，ɯ為泉州腔特有）

新國際式： a ɔ o ə ɯ u e i

（依開口大小順序排列）

新注音式： ㄚ ㆦ ㆡ ㆤ ㆤㄨ ㄨ ㄝ ㄧ

台語漢字：阿a 烏ɔ 蒿o 蠔ə 迂ɯ 污u 鍋e 衣i

台語例詞：阿姊【ā-ché，ㄚ－ㄗㄝˋ】

抹烏【buá-ɔ，ㆠㄨㄚˋˋㆦ】

茼蒿【dāŋ-o，ㄉ㤛－ㆡ】

蠔也【ə-á，ㆤ－ㄚˋ（南部腔）】

迂迴【ɯ-hə̂，ㆤㄨ－ㄏㆤˊ（泉州腔）】

貪污【tām-u，ㄊㄚㄇ－ㄨ】

砂鍋【suā-e，ㄙㄨㄚ－ㄝ（廈門腔）】

大衣【duà-i，ㄉㄨㄚˇ　ㄧ】

1h. 台語單母音（單韻母）輕聲化有4種

新國際式：　ah oh eh ih （後加h表示輕聲）

新注音式：·ㄚ ·ㆡ ·ㄝ ·ㄧ （前加·表示輕聲）

台語漢字：押áh 學ōh 厄éh 滴díh

台語例詞：抵押【di-áh，ㄉㄧ·ㄚ】

漢學【hán-ōh，ㄏㄢˋㆡㄏ】

災厄【chāi-éh，ㄗㄞ－ ‧ㄝ】

水滴【chui-díh，ㄗㄨㄟ－ ‧ㄅㄧ】

1ñ. 台語單母音（單韻母）鼻音化（符號為ñ）有4種

新國際式： añ　　ɔñ　　eñ　　iñ　　（韻母後加ñ表示鼻音化）

新注音式：ㄥㄚ　ㄥㄛ　ㄥㄝ　ㄥㄧ　（韻母前加ㄥ表示鼻音化）

台語漢字：餡āñ　嗚ɔñ　嬰eñ　圓îñ

台語例詞：豆餡【dàu-āñ，ㄅㄠ∨ ㄥㄚ－】

　　　　　嗚嗚睏【ɔñ-ɔñ－khùn，ㄥㄛ－ ㄥㄛ－ ㄎㄨㄣ∨】

　　　　　幼嬰【iú-eñ，ㄧㄨヽ ㄥㄝ】

　　　　　粉圓【hun-îñ，ㄏㄨㄣ ㄥㄧ／】

第二類：台語雙母音

> 2. 台語雙母音（雙韻母）有8種
> 2h. 台語雙母音（雙韻母）輕聲化有7種
> 2ñ. 台語雙母音（雙韻母）鼻音化有6種

2. 台語雙母音（雙韻母）有8種

新國際式： au　　ai　　ua　　ue　　ui　　ia　　io　　iu

新注音式：ㄠ　　ㄞ　　ㄨㄚ　ㄨㄝ　ㄨㄧ　ㄧㄚ　ㄧㄛ　ㄧㄨ

台語漢字：甌au　哀ai　娃ua　碨ue　威ui　爺iâ　腰io　憂iu

台語例詞：茶甌【dē-au，ㄅㄝ－ ㄠ】

　　　　　悲哀【pī-ai，ㄅㄧ－ ㄞ】

　　　　　夏娃【hà-ua，ㄏㄚ∨ ㄨㄚ】

　　　　　石碨【chiòh-ue，ㄐㄧㄛㄏ∨ ㄨㄝ 石磨】

　　　　　示威【sì-ui，ㄙㄧ∨ ㄨㄧ】

　　　　　老爺【làu-iâ，ㄌㄠ∨ ㄧㄚ／】

　　　　　細腰【sè-io，ㄙㄝヽ ㄧㄛ】

　　　　　擔憂【dām-iu，ㄅㄚㄇ ㄧㄨ】

2h. 台語雙母音（雙韻母）輕聲化有7種

新國際式：　　auh　　uah　　ueh　　uih　　iah　　ioh　　iuh

新注音式：　　·ㄠ　　·ㄨㄚ　　·ㄨㄝ　　·ㄨㄧ　　·ㄧㄚ　　·ㄧㄛ　　·ㄧㄨ

台語漢字：　　暴páuh　活uāh　血húeh　劃ūih　頁iāh　臆ióh　搐diúh

台語例詞：喙齒暴暴【tsúi-khí puá(h)-páuh，ㄘㄨㄧˋ ㄎㄧˋ ㄅㄠˋ
　　　　　　·ㄅㄠ暴牙】

生活【siēŋ-uāh，ㄙㄧㄝㄙㄧ－ ㄨㄚㄏ－】

捐血【kuān-húeh，ㄍㄨㄢ－ ·ㄏㄨㄝ】

字劃【jì-ūih，ㄐ̈ㄧˋ ㄨㄧㄏ－】

內頁【lài-iāh，ㄌㄞˇ ㄧㄚㄏ－】

臆著【ió(h)-diōh，ㄧㄛˋ ㄅㄧㄛㄏ－ 猜中】

搐直【diú(h)-dīt，ㄅㄧㄨˋ ㄅㄧㄊ－ 抖直】

2ñ. 台語雙母音（雙韻母）鼻音化（符號為ñ）有6種

新國際式：　　aiñ　　uañ　　uiñ　　iañ　　iɔñ　　iuñ　　（後加ñ
　　　　　　表示鼻音化）

新注音式：ㄙㄞ　ㄙㄨㄚ　ㄙㄨㄧ　ㄙㄧㄚ　ㄙㄧㄛ　ㄙㄧㄨ　（前加
　　　　　　ㄙ表示鼻音化）

台語漢字：挨aiñ　安uañ　秧uiñ　纓iañ　舀iɔñ　鴦iuñ

台語例詞：挨打【āiñ-dáñ，ㄙㄞ ㄅㄙㄚˋ】

同安【dāŋ-uañ，ㄅㄤ－ ㄙㄨㄚ（地名，在泉州）】

插秧【chá(h)- uiñ，ㄘㄚˋ ㄙㄨㄧ】

帽纓【bò-iañ，ㄅ゙ㄛˇ ㄙㄧㄚ】

舀水【iɔñ-chúi，ㄙㄧㄛ ㄗㄨㄧˋ】

鴛鴦【uān-iuñ，ㄨㄢ－ ㄙㄧㄨ】

第三類：台語三母音

{　3. 台語三母音（三韻母）有2種
　3h. 台語三母音（三韻母）輕聲化有1種
　3ñ. 台語三母音（三韻母）鼻音化有1種

3. 台語三母音（三韻母）有2種

新國際式： iau　　uai

新注音式：ㄧㄠ　ㄨㄞ

台語漢字：要iàu　歪uai

台語例詞：必要【pit-iàu，ㄅㄧㄊ ㄧㄠˋ】

　　　　　歪咼【uāi-ko，ㄨㄞ ㄍㄛ】

3h. 台語三母音（三韻母）輕聲化有1種

新國際式：iauh　　（後加h表示輕聲）

新注音式：˙ㄧㄠ　　（前加˙表示輕聲）

台語漢字：蔽hiáuh

台語例詞：蔽殼【hiáu(h)-khák，ㄏㄧㄠˋ ㄎㄚㄍˋ外殼剝落】

3ñ. 台語三母音（三韻母）鼻音化（符號為ñ）有1種

新國際式：uaiñ　　（後加ñ表示鼻音化）

新注音式：ㄥㄨㄞ　　（前加ㄥ表示鼻音化）

台語漢字：關kuaiñ

台語例詞：關門【kuāiñ-mñ】

從台語三母音之拼音組合可發現以下有趣之排列組合：

由「i」、「a」、「u」之排列順序組成「iau」，
而「u」、「a」、「i」之排列順序組成「uai」，
「a」在「iau」「uai」組合位居中間即音韻學通稱之元音（基本韻母），「i」、「u」可分別位於「iau」「uai」組合之前或後。
「i」、「a」、「u」彼此之間可排列組合成六個雙母音（複合韻母）即：
「i」、「a」組合成「ia」、「ai」。
「a」、「u」組合成「au」、「ua」。
「u」、「i」組合成「ui」、「iu」。
而雙母音之拼音組合除上述6種還有2種，即「i」、「o」組成「io」，「u」、「e」組成「ue」。

第四類：台語以「唇、舌、顎」聲收音之母音

4.以「唇、舌、顎」聲收音之台語母音13種

以「唇、舌、顎」聲收音之台語母音，可分為「唇鼻聲、唇入聲、舌鼻聲、舌入聲、顎鼻聲、顎入聲」六款。

鼻聲之收尾音符號有m（ㄇ）、n（ㄋ）、ŋ（ㄥ）三種，入聲之收尾音符號有p（ㄅ）、t（ㄊ）、k（ㄍ）三種，新注音式之「ㄇ、ㄅ、ㄊ、ㄍ」以小一號字體表示。

台語有上述完整配對之六款，而北京話因失去入聲，故只有舌鼻聲（ㄢ、ㄋ）和顎鼻聲（ㄤ）兩款。

因此筆者以「古代漢語（台語）鼻字是鼻聲、入字是入聲，北京話鼻字是唇聲、入字是去聲（第四聲）。」做一客觀和現實之比較，使諸位讀者再度體會孰為漢語正音。（套句北京話「對官話而言，這一巴掌還不輕呢！」）

台語之「鼻」發「phīñ，ㄆㄥㄧ─」（ñ，ㄥ 即鼻聲）、「入」發「jīp，ㄐㄧㄅ─」（īp，ㄧㄅ─ 即唇入聲）。

4-1.a（ㄚ）韻母帶鼻聲唇收音

am（ㄚㄇ）又稱為唇鼻聲，如尼姑庵【nī-kɔ̄-am，ㄋㄧ─ ㄍㄛ─ㄚㄇ】之「庵」【am，ㄚㄇ】。

a（ㄚ）韻母帶促聲唇收音：ap（ㄚㄅ）又稱為唇入聲。如水壓【chui-áp，ㄗㄨㄧ ㄚㄅˋ】之「壓」【áp，ㄚㄅˋ】。

4-2. a（ㄚ）韻母帶鼻聲舌收音

an（ㄢ）又稱為舌鼻聲，如平安【piē ŋ-an，ㄅㄧㄝㄥ─ ㄢ】之「安」【an，ㄢ】。

a（ㄚ）韻母帶促聲舌收音：at（ㄚㄊ）又稱為舌入聲，如「摁」斷【at-dŋ，ㄚㄊ ㄅㄥ－ 折斷】之「摁」【át，ㄚㄊㄟ】。

4-3.a（ㄚ）韻母帶鼻聲顎收音

aŋ（ㄤ）又稱為顎鼻聲，如「翁」姓【séñ-aŋ，ㄙㄥㄝㄟ ㄤ】之「翁」【aŋ，ㄤ】。

a（ㄚ）韻母帶促聲顎收音：ak（ㄚㄍ）又稱為顎入聲，如「沃」花【ak-hue，ㄚㄍ ㄏㄨㄝ 澆花】之「沃」【ák，ㄚㄍㄟ】。

4-4.ɔ（ㄛ）韻母帶鼻聲顎收音

ɔŋ（ㄛㄥ）又稱為顎鼻聲，如「汪」姓【séñ-ɔŋ，ㄙㄥㄝㄟ ㄛㄥ】之「汪」【ɔŋ，ㄛㄥ】。

ɔ（ㄛ）韻母帶促聲顎收音：ɔk（ㄛㄍ）又稱為顎入聲，如房「屋」【pāŋ-ɔ́k，ㄅㄤ－ㄛㄍㄟ】之「屋」【ɔ́k，ㄛㄍㄟ】。

4-5.u（ㄨ）韻母帶鼻聲舌收音

un（ㄨㄣ）又稱為舌鼻聲，如氣「溫」【khí-un，ㄎㄧㄟ ㄨㄣ】之「溫」【un，ㄨㄣ】。

u（ㄨ）韻母帶促聲舌收音：ut（ㄨㄊ）又稱為舌入聲，如「熨」斗【ut-dáu，ㄨㄊ ㄅㄠㄟ 燙斗】之「熨」【út，ㄨㄊㄟ】。

4-6.i（ㄧ）韻母帶鼻聲唇收音

im（ㄧㄇ）又稱為唇鼻聲，如母「音」【bo-im，ㄅˋㄛ ㄧㄇ】之「音」【im，ㄧㄇ】。

i（ㄧ）韻母帶促聲唇收音：ip（ㄧㄅ）又稱為唇入聲，如封「邑」【hɔ̄ŋ-íp，ㄏㄛㄥ－ ㄧㄅㄟ】之「邑」【íp，ㄧㄅㄟ】。

4-7.i（ㄧ）韻母帶鼻聲舌收音

in（ㄧㄣ）又稱為舌鼻聲，如原「因」【guān-in，ㄍˋㄨㄢ－ ㄧㄣ】之「因」【in，ㄧㄣ】。

i（一）韻母帶促聲舌收音：it（一ㄊ）又稱為舌入聲，如甲「乙」【ká(h)-ít，ㄍㄚˋ 一ㄊˋ】之「乙」【ít，一ㄊˋ】。

4-8. ua（ㄨㄚ）韻母帶鼻聲舌收音

uan（ㄨㄢ）又稱為舌鼻聲，如轉「彎」【dŋ-uan，ㄅㄥ ㄨㄢ】之「彎」【uan，ㄨㄢ】。

ua（ㄨㄚ）韻母帶促聲舌收音：uat（ㄨㄚㄊ）又稱為舌入聲，如倒「斡」【dó-uát，ㄅㄛˋ ㄨㄚㄊˋ 左轉】之「斡」【uát，ㄨㄚㄊˋ】。

4-9. ia（一ㄚ）韻母帶鼻聲唇收音

iam（一ㄚㄇ）又稱為唇鼻聲，如「閹」雞【iām-ke，一ㄚㄇ一ㄍㄝ】之「閹」【iam，一ㄚㄇ】。

ia（一ㄚ）韻母帶促聲唇收音：iap（一ㄚㄅ）又稱為唇入聲，如「葉」姓【séñ-iāp，ㄙㄥㄝˋ 一ㄚㄅ一】之「葉」【iāp，一ㄚㄅ一】。

4-10. ia（一ㄚ）韻母帶鼻聲顎收音

iaŋ（一ㄤ）又稱為顎鼻聲，如「央」求【iāŋ-kiû，一ㄤ一ㄍ一ㄨˊ】之「央」【iaŋ，一ㄤ】。

ia（一ㄚ）韻母帶促聲顎收音：iak（一ㄚㄍ）又稱為顎入聲，如條「約」【diāu-iák，ㄅ一ㄠ一一ㄚㄍˋ】之「約」【iák，一ㄚㄍˋ】。

4-11. iɔ（一ɔ）韻母帶鼻聲顎收音

iɔŋ（一ɔㄥ）又稱為顎鼻聲又【iɔŋ-khì，一ɔㄥ ㄎ一ˇ】之「勇」【iɔ́ŋ，一ɔㄥ】。

iɔ（一ɔ）韻母帶促聲顎收音：iɔk（一ɔㄍ）又稱為顎入聲，如教「育」【káu-iɔ̄k，ㄍㄠˋ 一ɔㄍ一】之「育」【iɔ̄k，一ɔㄍ一】。

4-12. ie（一ㄝ）韻母帶鼻聲舌收音

ien（一ㄝㄣ）又稱為舌鼻聲，如「胭」脂【iēn-chi，一ㄝㄣ一ㄐ一】之「胭」【ien，一ㄝㄣ】。

ie（一ㄝ）韻母帶促聲舌收音：iet（一ㄝㄊ）又稱為舌入聲，如哽「咽」【kieŋ-iét，ㄍ一ㄝㄥ一ㄝㄊㄟ】之「咽」【iét，一ㄝㄊㄟ】。

4-13. ie（一ㄝ）韻母帶鼻聲顎收音

ieŋ（一ㄝㄥ）又稱為顎鼻聲，如精「英」【chiēŋ-ieŋ，ㄐ一ㄝㄥ一ㄝㄥ】之「英」【ieŋ，一ㄝㄥ】。

ie（一ㄝ）韻母帶促聲顎收音：iek（一ㄝㄍ）又稱為顎入聲，如幾「億」【kui-iék，ㄍㄨ一一ㄝㄍㄟ】之「億」【iék，一ㄝㄍㄟ】。

第五類：台語全鼻聲單母音

5.台語單母音（單韻母）全鼻聲有2種

5.台語單母音（韻母）全鼻音

m（ㄇ）、ŋ（ㄥ）有2種，如：阿姆（伯母）之「姆」【m，ㄇㄟ】、姓黃之「黃」【ŋ̂，ㄥˊ】。

四、台語子音（聲母）有二大類十七種

第一類：台語清聲子音（聲母）13種
第二類：台語濁聲子音（聲母）4種

◎新國際音標式簡稱新國際式　◎新注音符號式簡稱新注音式

第一類：台語清聲子音（清聲聲母）

可直接用注音符號表示者有13種。

新國際式：ch 　d 　h 　k 　kh 　l 　m 　n 　p 　ph 　s 　t 　ts

新注音式：ㄗ 　ㄉ 　ㄏ 　ㄍ 　ㄎ 　ㄌ 　ㄇ 　ㄋ 　ㄅ 　ㄆ 　ㄙ 　ㄊ 　ㄘ

1.以「a，ㄚ」為母音（韻母）之拼音組合

新國際式： cha　　da　　ha　　ka　　kha　　la　　ma　　na

　　　　　　　pa　　pha　　sa　　ta　　tsa

新注音式： ㄗㄚ　ㄅㄚ　ㄏㄚ　ㄍㄚ　ㄎㄚ　ㄌㄚ　ㄇㄚ　ㄋㄚ

　　　　　　ㄅㄚ　ㄆㄚ　ㄙㄚ　ㄊㄚ　ㄘㄚ

台語漢字： 查　　礁　　霞　　加　　跤　　喇　　媽　　藍

　　　　　　巴　　葩　　捎　　他　　差

台語例詞：調查【diāu-cha，ㄅㄧㄠ－ㄗㄚ】

　　　　　　礁溪【dā-khe，ㄅㄚ－ㄎㄝ】

　　　　　　彩霞【tsai-hâ，ㄘㄞ ㄏㄚˊ】

　　　　　　增加【chiēŋ-ka，ㄗㄧㄝㄥ－ㄍㄚ】

　　　　　　豬腳【dī-kha，ㄅㄧ－ㄎㄚ】

　　　　　　喇叭【la-páh，ㄌㄚ ˙ㄅㄚ】

　　　　　　媽媽【ma-máh，ㄇㄚ ˙ㄇㄚ】

　　　　　　姓藍【sèñ-nâ，ㄙㄥㄝˋ ㄋㄚˊ】

　　　　　　鳥巴【chiau-pa，ㄐㄧㄠ ㄅㄚ鳥乾】

　　　　　　奇葩【kī-pha，ㄍㄧˊ ㄆㄚ】

　　　　　　捎無【sā-bô，ㄙㄚ－ㄅˇㄛˊ 抓不到】

　　　　　　其他【kī-ta，ㄍㄧˊ ㄊㄚ】

　　　　　　無差【bô-tsa，ㄅˇㄛ－ㄘㄚ 沒差】

2.以「e，ㄝ」為母音（韻母）之拼音組合

新國際式： che　　de　　he　　ke　　khe　　le　　me　　ne

　　　　　　　pe　　phe　　se　　te　　tse

新注音式： ㄗㄝ　ㄅㄝ　ㄏㄝ　ㄍㄝ　ㄎㄝ　ㄌㄝ　ㄇㄝ　ㄋㄝ

　　　　　　ㄅㄝ　ㄆㄝ　ㄙㄝ　ㄊㄝ　ㄘㄝ

台語漢字： 渣　　氏　　奚　　圭　　溪　　犁　　咩　　爾

　　　　　　扒　　批　　西　　推　　妻

台語例詞：藥渣【ioh-che，ㄧㄛㄏㄨˇ ㄗㄝ】

　　　　　氐族【dē-chók，ㄅㄝ－ ㄗㆦㄍ－】

　　　　　奚落【hē-lók，ㄏㄝ－ ㄌㆦㄍ－】

　　　　　圭臬【kē-giēt，ㄍㄝ－ ㄍˇㄧㄝㄊ－】

　　　　　礁溪【dā-khe，ㄅㄚ－ ㄎㄝ】

　　　　　犁田【lē-tsân，ㄌㄝ－ ㄘㄢˊ】

　　　　　咩咩【me-me，ㄇㄝ ㄇㄝ】

　　　　　安爾【an-ne，ㄢ ㄋㄝ 如此】

　　　　　扒草【pē-tsáu，ㄅㄝ－ ㄘㄠˋ】

　　　　　寫批【sia-phe，ㄙㄧㄚ ㄆㄝ 寫信】

　　　　　西安【sē-an，ㄙㄝ－ ㄢ】

　　　　　推辭【tē-sî，ㄊㄝ－ ㄙㄧˊ】

　　　　　夫妻【hū-tse，ㄏㄨ－ ㄘㄝ】

3.以「i，ㄧ」為母音（韻母）之拼音組合

新國際式：chi　　di　　hi　　ki　　khi　　li　　mi　　ni

　　　　　pi　　phi　　si　　ti　　tsi

新注音式：ㄐㄧ　ㄅㄧ　ㄏㄧ　ㄍㄧ　ㄎㄧ　ㄌㄧ　ㄇㄧ　ㄋㄧ

　　　　　ㄅㄧ　ㄆㄧ　ㄙㄧ　ㄊㄧ　ㄑㄧ

台語漢字：支　　知　　稀　　几　　欺　　離　　棉　　奶

　　　　　卑　　披　　俬　　黐　　痴

台語例詞：分支【hūn-chi，ㄏㄨㄣ－ ㄐㄧ】

　　　　　良知【liôŋ-di，ㄌㄧㆦㄥ－ ㄅㄧ】

　　　　　稀奇【hī-kî，ㄏㄧ－ ㄍㄧˊ】

　　　　　茶几【dē-ki，ㄅㄝˊ ㄍㄧ】

　　　　　欺負【khī-hū，ㄎㄧ－ ㄏㄨ－】

　　　　　分離【hūn-lî，ㄏㄨㄣ－ ㄌㄧˊ】

　　　　　棉花【mī-hue，ㄇㄧ－ ㄏㄨㄝ】

　　　　　牛奶【gū-ni，ㄍˇㄨ－ ㄋㄧ】

謙卑【khiām-pi , ㄎㄧㄚㄇㄧ－ㄅㄧ－】

披露【phī-lɔ̄ , ㄆㄧ－－ ㄌㆤ－】

傢俬【kē-si , ㄍㄝ－ ㄙㄧ－ 器具】

黏黐【liām-ti , ㄌㄧㄚㄇㄧ－ ㄊㄧ】

白痴【pèh-tsi , ㄅㄝㄏˇ ㄑㄧ】

4.以「o , ㄛ」為母音（韻母）之拼音組合

新國際式：cho　　do　　ho　　ko　　kho　　lo　　mo　　no

　　　　　　po　　pho　　so　　to　　tso

新注音式：ㄗㄛ　ㄉㄛ　ㄏㄛ　ㄍㄛ　ㄎㄛ　ㄌㄛ　ㄇㄛ　ㄋㄛ

　　　　　ㄅㄛ　ㄆㄛ　ㄙㄛ　ㄊㄛ　ㄘㄛ

台語漢字：遭　　刀　好　　戈　　科　　囉　　玻

　　　　　波　　唆　滔　　臊

台語例詞：遭遇【chō-gū , ㄗㄛ－ ㄍˇㄨ－】

　　　　　菜刀【tsái-do , ㄘㄞˋ ㄉㄛ】

　　　　　好心【ho-sim , ㄏㄛ ㄙㄧㄇ】

　　　　　干戈【kān-ko , ㄍㄢ－ ㄍㄛ】

　　　　　理科【li-kho , ㄌㄧ ㄎㄛ】

　　　　　囉唆【lō-so , ㄌㄛ－ ㄙㄛ】

　　　　　玻璃【pō-lê , ㄅㄛ－ ㄌㄝˊ】

　　　　　水波【chui-pho , ㄗㄨㄧ ㄆㄛ】

　　　　　唆使【sō-sú , ㄙㄛ－ ㄙㄨˋ】

　　　　　滔天【tō-tien , ㄊㄛ－ ㄊㄧㄝㄣ】

　　　　　油臊【iū-tso , ㄧㄨ－ ㄘㄛ 油腥】

5.以「u，ㄨ」為母音（韻母）之拼音組合

新國際式： chu　du　hu　ku　khu　lu　mu　nu

　　　　　 pu　phu　su　tu　tsu

新注音式：ㄗㄨ　ㄉㄨ　ㄏㄨ　ㄍㄨ　ㄎㄨ　ㄌㄨ　ㄇㄨ　ㄋㄨ

　　　　　ㄅㄨ　ㄆㄨ　ㄙㄨ　ㄊㄨ　ㄘㄨ

台語漢字： 珠　蛛　夫　拘　區　呂

　　　　　 匏　浮　思　褚　趨

台語例詞：真珠【chīn-chu，ㄐㄧㄣ－ㄗㄨ 珍珠】

　　　　　蜘蛛【dī-du，ㄉㄧ－ㄉㄨ】

　　　　　功夫【kāŋ-hu，ㄍㄤ－ㄏㄨ】

　　　　　拘留【kū-liû，ㄍㄨ－ㄌㄧㄨˊ】

　　　　　分區【hūn-khu，ㄏㄨㄣ－ㄎㄨ】

　　　　　姓呂【séñ-lū，ㄙㄥㄝˋ ㄌㄨ－】

　　　　　匏也【pū-á，ㄅㄨ－ㄚˋ 匏瓜】

　　　　　浮筒【phū-dâŋ，ㄆㄨ－ㄉㄤˊ】

　　　　　心思【sīm-su，ㄙㄧㄇ－ㄙㄨ】

　　　　　姓褚【séñ-tú，ㄙㄥㄝˋ ㄊㄨˋ】

　　　　　趨勢【tsū-sè，ㄘㄨ－ㄙㄝˇ】

（註） 褚之漳州音發【tí，ㄊㄧˋ】。

第二類：台語濁聲子音（醪聲【lō-siañ，ㄌㄛ－ ㄙㄥㄧㄚ】）聲母

利用注音符號附加記號『﹒﹒』（右上角加兩點）表示者有4種。

新國際式：b（p之濁聲）　g　gn（k之濁聲、濁鼻聲）　j（ch之濁聲）

新注音式：ㄅ゛（ㄅ之濁聲）　ㄍ゛　ㄍ゛ㄥ（ㄍ之濁聲、濁鼻聲）　ㄗ゛ ㄐ゛（ㄗ、ㄐ之濁聲）

1.以「a，ㄚ」、「e，ㄝ」為母音（韻母）之拼音組合

新國際式：　　ba　　　ga　　　gna　　　be　　　ge　　　gne

新注音式：ㄅ゛ㄚ　ㄍ゛ㄚ　ㄍ゛ㄥㄚ　ㄅ゛ㄝ　ㄍ゛ㄝ　ㄍ゛ㄥㄝ

台語漢字：　麻　　　牙　　　雅　　　謎　　　牙　　　毅

台語例詞：手麻【tsiú bâ，ㄑㄧㄨˋ ㄅ゛ㄚˊ】

　　　　　猜謎【tsāi-bê，ㄘㄞ－ ㄅ゛ㄝˊ】

　　　　　西班牙【sē-pān-gâ，ㄙㄝ－ ㄅㄢ－ ㄍ゛ㄚˊ】

　　　　　象牙【tsiùñ-gê，ㄑㄥㄨˇ ㄍ゛ㄝˊ】

　　　　　文雅【būn-gná，ㄅ゛ㄨㄣ－ ㄍ゛ㄥㄚˋ】

　　　　　儼毅【giam-gnē，ㄍ゛ㄧㄚㄇ ㄍ゛ㄥㄝ－】

2.以「i，ㄧ」、「ɔ，ㄛ」為母音（韻母）之拼音組合

新國際式：　　bi　　　gi　　　gni　　　ji　　　bɔ　　　gɔ　　　gnɔ

新注音式：ㄅ゛ㄧ　ㄍ゛ㄧ　ㄍ゛ㄥㄧ　ㄐ゛ㄧ　ㄅ゛ㄛ　ㄍ゛ㄛ　ㄍ゛ㄥㄛ

台語漢字：　米　　　宜　　　硬　　　兒　　　模　　　吳　　　娥

（註）「濁」見《韻會》：「直角切」，取「直dīt，ㄅㄧㄊ－」之陽去濁聲母「d，ㄅ」、「角kák，ㄍㄚㄍˋ」之陰入韻母「ák，ㄚㄍˋ」，合成發音【dāk，ㄅㄚㄍ－】陽入調。

而「濁」在台語之口語多發【lô，ㄌㄛˊ】音，正字為「醪」見《集韻》：「郎刀切」，取「郎lôŋ，ㄌㄛㄥˊ」之陽平濁聲母「l，ㄌ」、「刀do，ㄅㄛ」之陰平韻母「o，ㄛ」，合成發音【lô，ㄌㄛˊ】陽平調。

所以台員（台灣）最長河川、位於彰化雲林交界之「濁水溪」，以台語發音正名應該是「醪水溪」【lō-chui-khe，ㄌㄛ－ ㄗㄨㄧ ㄎㄝ】。

華語無濁聲子音，所以注音符號無濁聲子音符號，因此作者以ㄅ、ㄍ、ㄗ、ㄐ之右上角加兩點『﹒﹒』表示。

台語例詞：米糕【bi-ko，ㆣ一 ㄍㆦ】

　　　　歯模【khi-bô，ㄎ一 ㆣㆦˊ】

　　　　宜蘭【gī-lân，ㆣˇ一一 ㄌㄢˊ】

　　　　東吳【dōŋ-gô，ㄉㆦㄥ一 ㆣㆦˊ】

　　　　真硬【chīn-gnī，ㄐ一ㄣ一 ㆣㄥ一一】

　　　　嫦娥【siōŋ-gnô，ㄙ一ㆦㄥ一 ㆣㆦㄥˊ】

　　　　小兒【sio-jî，ㄙ一ㆦ ㆡ一ˊ】

3.以「o，ㆦ」、「u，ㄨ」為母音（韻母）之拼音組合

新國際式：　bo　　go　　bu　　gu　　ju

新注音式：ㆣㆦ　ㆣˇㆦ　ㆣㄨ　ㆣˇㄨ　ㆡㄨ

台語漢字：　無　　鵝　　誣　　牛　　瑜

台語例詞：拍無【phá(h)-bô，ㄆㄚˋ ㆣㆦˊ 丟掉】

　　　　誣告【bū-kò，ㆣㄨ一 ㄍㆦˇ】

　　　　鵝毛【gō-mㆦ，ㆣˇㆦ一 ㄇㆦ】

　　　　水牛【chui-gû，ㄗㄨ一 ㆣˇㄨˊ】

　　　　周瑜【chiū-jû，ㄐ一ㄨ一 ㆡㄨˊ】

五、台語聲調共有十五種（本調十種，變調衍生五種）

台語（台語保存了古代漢語）有幾種聲調？七調？八調？十五調？

　　到底台語聲調有幾調？的確困擾不少研究學者與專家，一般民眾也弄不清楚。有「七調」論者、亦有「八調」論者，其實都對，經筆者三十年之研究終於找出「十五調」。

（一）「八調」論

　　「八調」是源自隋代陸法言在其論作之《切韻》五卷（為最重要之韻書），成書於公元601年。原書已經失傳，20世紀初以來陸續發現了

不少唐五代寫本和刻本。雖多為增訂本殘卷和殘頁，但藉此可以瞭解該書基本體制和內容。

陸法言為隋代音韻學家，河北臨漳人。年輕時與劉臻、蕭該、顏之推等八人討論音韻，後來據以編作著名韻書《切韻》，雖然陸法言之著作只是私家論述，但至唐代以後卻大為流行，因為該書吸取以前諸家韻書長處。至宋代，《切韻》之增訂本《廣韻》竟然成為官方規定之考試標準範本。

《切韻》將中原各地聲韻分為「平」、「上」、「去」、「入」等四種基本調，即通稱之「四聲」，每一種又分為陰陽兩大類，所以配出「陰平」、「陰上」、「陰去」、「陰入」及「陽平」、「陽上」、「陽去」、「陽入」八調，此為俗稱「八調」或「八聲」之由來。

台語之河洛話保留商、周時代之**上古語音**以及漢、唐時代之**中古語音**，所以能符合《切韻》所述。

（二）據音韻學家推論，上古惟有「平」、「入」二聲，以為留音長短之大限，迨後（到後來）讀「平聲」少短而為「上聲」，讀「入聲」稍緩而為「去聲」，遂別為「四聲」。上述即解析由「平」、「入」二聲發展為「平」、「上」、「去」、「入」四聲。

四聲溯源──《周禮・春官・大師》：「皆文之以五聲，宮商角徵羽。」

（三）晉代呂靜分韻集為「宮」（平聲）「商」（平聲）「角」（入聲）「徵」（上聲）「羽」（去聲）五部，平聲之所以分為二部，乃以平聲字較多，別無意義。

宮商角徵羽五聲在古代和台語發音完全一致，參見標音。

「宮」發【kioŋ，ㄍㄧㆲㄥ】（陰平聲），「商」發【sioŋ，ㄙㆦㄥ】（陰平聲），「角」發【kák，ㄍㄚㄍㄟ】（陰入聲），「徵」發【dí，ㄅㄧㄟ】（陰上聲），「羽」發【ū，ㄨㄧ】（陽去聲）。

（四）茲引述唐代之元和韻譜所載：「平聲哀而安」、「上聲厲而舉」、「去聲清而遠」、「入聲直而促」。

「平」在台語發piêŋ、ㄅㄧㆤㄥˊ為陽平聲，「安」在台語發an、ㄢ為陰平聲，「上」在台語發siōŋ、ㄙㆦㄥˉ為陽上聲，「舉」在台語發kí、ㄍㄧㄟ為陰上聲，「去」在台語發khì、ㄎㄧㄟˇ為陰去聲，「遠」在台語發hŋ、ㄏㄥ一為陽去聲，「入」在台語發jīp、ㆢㄧㄅ一為陽入聲，「促」在台語發tsíok、ㄑㄧㆦㄍㄟ為陰入聲。（台語保留唐代古音故合上述所載）。

（五）明代「釋真空」之「玉鑰匙歌訣」

平聲平道莫低昂，台語讀做【piēŋ-dō bòk-dē-gôŋ】
　　　　　　　　【ㄅㄧㆤㄥ一 ㄅㆦ一 ㄅㆦㄍˇ ㄅㆤ一 ㆣㆲㄥˊ】。

上聲高呼猛烈強，台語讀做【kō-hɔ bieŋ-lièt-kiôŋ】
　　　　　　　　【ㄍㆦˊ ㄏㆦ ㆣㄧㆤㄥ ㄅㄧㆤㄊˇ ㄍㄧㆲㄥˊ】

去聲分明哀遠道，台語讀做【hūn-biêŋ āi-uan-dō】
　　　　　　　　【ㄏㄨㄣ一 ㆣㄧㆤㄥˊ ㄞ一 ㄨㄢ ㄅㆦ一】

入聲短促急收藏，台語讀做【duan-tsíok kip-siū-chôŋ】
　　　　　　　　【ㄅㄨㄢ ㄑㄧㆦㄍㄟ ㄍㄧㄅ ㄙㄧㄨ一 ㄗㆲㄥˊ】

<hr>

註 「徵」見《廣韻》：「陟里切」，取「陟 diék，ㄅㄧㆤㄍㄟ」之陰入聲母「d，ㄅ」、「lí，ㄌㄧㄟ」之陰上韻母「í，ㄧㄟ」，切合成陰上調之「dí，ㄅㄧㄟ」。
「羽」見《廣韻》：「王遇切」，取「王 ôŋ，ㆦㄥˊ」之陽平空聲母「ㄥ，ˊ」、「遇 gū，ㄍㆴㄨㄧ」之陽去韻母「ū，ㄨㄧ」，切合成陽去調之「ū，ㄨㄧ」。

（六）清代古音韻學家「張成孫」之辨別

平聲：長言，「長」在台語讀做【diôŋ，ㄉㄧㆦㄥˊ】屬陽平調。

上聲：短言，「短」在台語讀做【duán，ㄉㄨㄢˋ】屬陰上調。

去聲：重言，「重」在台語讀做【diōŋ，ㄉㄧㆦㄥ－】屬陽去調。

入聲：急言，「急」在台語讀做【kíp，ㄍㄧㄅˋ】屬陰入調。

六、佩文韻府一〇六韻（韻母）

《佩文韻府》為清聖祖康熙皇帝命張玉書、陳廷敬、查士昇等二十餘人編纂一本大詞典之名。於清代康熙四十三年（1704年）開始編纂，成書於康熙五十年（1711年）。其中《正編》、《拾遺》各106卷，共212卷。至乾隆年間修《四庫全書》時，改為444卷，為《四庫全書》中收錄最多之著作。

《佩文韻府》在元代陰時夫《韻府群玉》和明代凌稚隆《五車韻瑞》之基礎上增補而成，為歷代以來依韻排列規模最大詞典，全書收錄一萬九千多單字，典故大約有五十多萬條，任何文章典故均輯錄於此書。每個韻部排列同韻部之字，在字下列出以此字收尾之詞。書中以單字統詞語，按《平水韻》一〇六韻排列；每字之字頭下，用反切注音，之後簡括地訓釋及標明出處。

將《佩文韻府》中之一〇六韻（韻母）以古代漢語標明發音及聲調，除陽上調（在台語轉發陽去調）之字音外，其餘七種聲調之字音和台語之文讀音〈又稱中古讀書音〉發音幾乎完全吻合。（因平聲字繁多，故分為上下兩部）

（一）上平：

1.東（陰平dɔŋ，ㄉㆦㄥ）

2.冬（陰平dɔŋ，ㄉㆦㄥ）

3.江（陰平kaŋ，ㄍㄤ）

4.支（陰平chi，ㄐㄧ）

5.微（陽平bî，ㄅˇㄧˊ）

6.魚（陽平gû，ㄍˇㄨˊ）

7.虞（陽平gû，ㄍˇㄨˊ）

8.齊（陽平chê，ㄗㄝˊ）

9.佳（陰平ka，ㄍㄚ）

10.灰（陰平hue，ㄏㄨㄝ）

11.真（陰平chin，ㄐㄧㄣ）

12.文（陽平bûn，ㄅˇㄨㄣˊ）

13.元（陽平guân，ㄍˇㄨㄢˊ）

14.寒（陽平hân，ㄏㄢˊ）

15.刪（陰平san，ㄙㄢ）

◎「微」原有濁唇聲母（b，ㄅˇ），在北京話發【ㄨㄟˊ】失去
濁唇聲母、成為無聲母。

◎「文」原有濁唇聲母（b，ㄅˇ），在北京話發【ㄨㄣˊ】失去
濁唇聲母、成為無聲母。

◎「魚、虞」原有濁顎聲母（g，ㄍˇ），在北京話皆發【ㄩˊ】失
去濁顎聲母、成為無聲母。

◎「元」原有濁顎聲母（g，ㄍˇ），在北京話發【ㄩㄢˊ】失去
濁顎聲母、成為無聲母。

◎「魚」見《集韻》：「牛居切」，取「牛giû，ㄍˇㄧㄨˊ」之陽
平聲母「g，ㄍˇ」、「居ku，ㄍㄨ」之陰平韻母「u，ㄨ」，切
合成陽平調之「gû，ㄍˇㄨˊ」。

◎「魚」在台語之廈門腔口語音發【hû，ㄏㄨˊ】、漳州腔發【hî，
ㄏㄧˊ】。

（二）下平：

1.先（陰平sien，ㄙㄧㄝㄣ）

2.蕭（陰平siau，ㄙㄧㄠ）

3.肴（陽平hâu，ㄏㄠˊ）

4.豪（陽平hô，ㄏㄛˊ）

5.歌（陰平ko，ㄍㄛ）

6.麻（陽平mâ，ㄇㄚˊ）

7.羊（陽平iôŋ，ㄧㄛㄥˊ）

8.庚（陰平kieŋ，ㄍㄧㄝㄥ）

9.清（陰平tsieŋ，ㄑㄧㄝㄥ）

10.蒸（陰平chieŋ，ㄐㄧㄝㄥ）

11.尤（陽平iû，ㄧㄨˊ）

12.侵（陰平tsim，ㄑㄧㄇ）

13.覃（陽平tâm，ㄊㄚㄇˊ）

14.鹽（陽平iâm，ㄧㄚㄇˊ）

15.咸（陽平hâm，ㄏㄚㄇˊ）

◎「肴」見《集韻》：「何交切」，取「何hô，ㄏㄛˊ」之陽平聲母「h，ㄏ」、「交kau，ㄍㄠ」之陰平韻母「au，ㄠ」，切合成陽平調之「hâu，ㄏㄠˊ」。「肴」原有清唇聲母（h，ㄏ），在北京話發【ㄧㄠˊ】失去清唇聲母、成為無聲母。

◎「覃、鹽、咸」原有am鼻聲唇收音，在北京話轉發【ㄊㄢˊ，ㄧㄢˊ，ㄒㄧㄢˊ】an鼻聲舌收音。「咸」見《集韻》：「胡監切」，取「胡hô，ㄏㄛˊ」之陽平聲母「h，ㄏ」、「監kam，ㄍㄚㄇ」之陰平韻母「am，ㄚㄇ」，切合成陽平調之「hâm，ㄏㄚㄇˊ」。

◎「言」屬「先韻」見《集韻》：「魚軒切」，取「魚gû，ㄍˇ×ˊ」之陽平聲母「g，ㄍˇ」、「軒hien，ㄏㄧㄝㄣ」之陰平韻母「ien，ㄧㄝㄣ」，切合成陽平調之「giên，ㄍˇㄧㄝㄣˊ」。「言」原有濁顎聲母（g，ㄍˇ），在北京話皆發【ㄧㄢˊ】失去濁顎聲母、成為無聲母。

◎「川」屬「先韻」見《唐韻》：「昌緣切」，取「昌tsioŋ，ㄑㄧㄛㄥ」之陰平聲母「ts，ㄑ」、「緣iên，ㄧㄝㄣˊ」之陰平韻母「ien，ㄧㄝㄣ」，切合成陰平調之「tsien，ㄑㄧㄝㄣ」。「川」在台語發「tsuan，ㄘㄨㄢ」，但是日語漢字發音仍保存唐代音韻之韻母「川」發「せんsen」（和中古漢音tsien ㄑㄧㄝㄣ之韻母相似）。

◎「船」亦屬「先韻」見《唐韻》：「食川切」，取「食sīt，ㄙㄧㄜㄍㄧ-」之陽入聲母「s，ㄙ」、「川tsien，ㄑㄧㄝㄣ」之陰平韻母「ien，ㄧㄝㄣ」，切合成陽平調之「siên，ㄙㄧㄝㄣˊ」。「船」受到「川」發「tsuan，ㄘㄨㄢ」音影響，所以在台語文讀音訓為發「suân，ㄙㄨㄢˊ」口語音發「chûn，ㄗㄨㄣˊ」。日語漢字發音仍保存唐代音韻之韻母「船」發「せんsen」。

◎「楓橋夜泊」是一首非常著名之七言絕句唐詩，日本人十分喜愛詩中意境，名作詞家西條八十、作曲家服部良一以詩中之蘇州寒山寺為題材作了一首風靡甚久（1940至60年代）之流行歌謠「蘇州夜曲」（1940年製作電影「支那の夜」之主題曲，由當時最紅影歌星李香蘭〔日本名：山口淑子〕主唱），服部良一為作此曲曾在蘇州住了一段時間。二次大戰前，日本將此首千古名詩：「月落烏啼霜滿天，江楓漁火對愁眠，姑蘇城外寒山寺，夜半鐘聲到客船」譯成日文「楓橋夜泊」（ふうきょうやはくhūkyoyahaku）：「月落ち烏啼いて霜天に満つ、江楓の漁火愁眠に対す、姑蘇城外の寒山寺、夜半の鐘の音客船に到る」載於日本國語教科書上。

　　而日本文學家譯本詩時注意到押韻，即第1、2、4句尾「つ」（tsu）、「す」（su）、「る」（ru），甚至「泊はくhaku」（實在是巧合）亦即押「う」（u）韻。

原詩以北京話唸「天」「眠」「船」，「天」（ㄊㄧㄢ）、「眠」（ㄇㄧㄢˊ）符合「先」（ㄒㄧㄢ）韻，而「船」（ㄔㄨㄢˊ）則不合。以台語文讀音唸「天tien」（ㄊㄧㄝㄣ）、「眠biên」（ㆠㄧㄝㄣˊ）符合「先sien」（ㄙㄧㄝㄣ）韻，「船suân」（ㄙㄨㄢˊ）亦不合。問題出在「船」必需按唐韻發「siên」（ㄙㄧㄝㄣˊ）則符合「先」（ㄙㄧㄝㄣ）韻。

　　茲將「楓橋夜泊」【hōŋ-kiô ià-pōk，ㄏㆢㄥ－ㄍㄧㆦˊ ㄧㄚˇ ㄅㆦㄍㄧ】用唐韻記音如下：

「　月　　　落　烏　啼　霜　　滿　　天　」
【ㆣㄨㄚㄊ－ㄌㆦㄍ－ㆦ ㄊㄝˊ ㄙㆦㄥ－ ㆠㄨㄢ ㄊㄧㄝㄣ】
【　guāt　　lōk　ɔ　tê　sōŋ　buan　tien　】

「　江　楓　漁¹　火　對　愁　　眠　」
【ㄍㄤ－ ㄏㆦㄥ ㆣㄧㆦ－ ㄏㆦˇ ㄉㄨㄧˋ ㄑㄧㄨ－ ㄇㄧㄝㄣˊ】
【　kāŋ　hoŋ　giō　hó　dúi　tsiū　biên　】

「　姑　蘇　城　外²　寒　山　寺　」
【ㄍㆦ－ ㄙㆦ ㄙㄧㄝㄥ－ ㆣㄞ－ ㄏㄢ－ ㄙㄢ－ ㄙㄧ－】
【　kō　sɔ　siēŋ　gāi　hān　sān　sī　】

「　夜　半　　鐘　聲　到　客　　船　」
【ㄧㄚˇ ㄅㄨㄢˇ ㄐㆦㄥ－ ㄙㄧㄝㄥ ㄉㆦˇ ㄎㄧㄝㄍ ㄙㄧㄝㄣˊ】
【　ià　puàn　chiōŋ　sieŋ　dò　khiek　siên　】

1. 「漁船」在日語漢字音讀為【ぎょせん，gyo sen】。
2. 「外」在唐韻屬「泰」【tài，ㄊㄞˇ】韻，故「外」之韻母為【ai，ㄞ】去聲調。日語漢字音讀為【がい，gai】，「國外」在日語發音為【こくがい，koku gai】。

（三）上聲：

1.董（陰上dóŋ，ㄉㆦㄥˋ）

2.腫（陰上chióŋ，ㄐㄧㆦㄥˋ）

3.講（陰上kóŋ，ㄍㆦㄥˋ）

4.紙（陰上chí，ㄧˋ）

5.尾（陰上búe，ㆠㄨㆤˋ）

6.語（陰上gú，ㄍㄨˋ）

7.齲（陰上gú，ㄍㄨˋ）

8.薺（陽上chě，ㄐㆤ˄）

9.蟹（陽上hǎi，ㄏㄞ˄）

10.賄（陰上húe，ㄏㄨㆤˋ）

11.紾（陰上chín，ㄐㄧㄣˋ）

12.吻（陰上bún，ㆠㄨㄣˋ）

13.阮（陰上guán，ㆣㄨㄢˋ）

14.旱（陽上hǎn，ㄏㄢ˄）

15.潸（陰上sán，ㄙㄢˋ）

16.銑（陰上sién，ㄙㄧㆤㄣˋ）

17.篠（陰上siáu，ㄙㄧㄠˋ）

18.巧（陰上khiáu，ㄎㄧㄠˋ）

19.皓（陽上hǒ，ㄏㆦ˄）

20.䜈（陰上kó，ㄍㆦˋ）

21.馬（陰上má，ㄇㄚˋ）

22.養（陰上ióŋ，ㄧㆦㄥˋ）

23.梗（陰上kiéŋ，ㄍㄧㆤㄥˋ）

24.迥（陰上kiéŋ，ㄍㄧㆤㄥˋ）

25.有（陰上iú，ㄧㄨˋ）

26.寢（陰上tsím，ㄑㄧㆬˋ）

27.感（陰上kám，ㄍㄚㆬˋ）

28.儉（陽上kiăm，ㄍㄧㄚㄇㄥ）

29.䭪（陽上hăm，ㄏㄚㄇㄥ）

◎「齬」見《集韻》：「五矩切」，取「五gnó，ㄍˇㄥˋㄛ」之陰上聲母「g，ㄍˇ」、「矩kú，ㄍㄨˋ」之陰上韻母「ú，ㄨˋ」，切合成陰上調之「gú，ㄍˇㄨˋ」。

◎「薺」見《集韻》：「在禮切」，取「在chāi，ㄗㄞ一」之陽去聲母「ch，ㄗ」、「禮lé，ㄌㄝˋ」之陰上韻母「é，ㄝˋ」，切合成陽上調之「chě，ㄐㄝㄥ」。「薺」在台語之文讀音發陽去調【chē，ㄐㄝ一】。

◎「蟹」見《集韻》：「下買切」，取「下hā，ㄏㄚ一」之陽去聲母「h，ㄏ」、「買mái，ㄇㄞˋ」之陰上韻母「ái，ㄞˋ」，切合成陽上調之「hăi，ㄏㄞㄥ」。「蟹」在台語之文讀音發陽去調【hāi，ㄏㄞ一】、口語音發【hē，ㄏㄝ一】。

◎「旱」見《集韻》：「下罕切」，取「下hā，ㄏㄚ一」之陽去聲母「h，ㄏ」、「罕hán，ㄏㄢˋ」之陰上韻母「án，ㄏㄢˋ」，切合成陽上調之「hăn，ㄏㄢㄥ」。「旱」在台語之文讀音發陽去調【hān，ㄏㄢ一】。

◎「儉」見《唐韻》：「巨險切」，取「巨kū，ㄍㄨ一」之陽去聲母「h，ㄏ」、「險hiám，ㄏ一ㄚㄇˋ」之陰上韻母「iám，一ㄚㄇˋ」，切合成陽上調之「kiăm，ㄍㄧㄚㄇㄥ」。「儉」在台語之文讀音發陽去調【khiām，ㄎ一ㄚㄇ一】。（聲母轉為送氣聲）

◎「䭪」見《廣韻》：「下斬切」，取「下hā，ㄏㄚ一」之陽去聲母「h，ㄏ」、「斬chám，ㄗㄚㄇˋ」之陰上韻母「ám，ㄚㄇˋ」，切合成陽上調之「hăm，ㄏㄚㄇㄥ」。「䭪」在台語之文讀音發陽去調【hām，ㄏㄚㄇ一】。《類篇》：「䭪，餅中豆也」和「餡」同意同音（在北京話皆發ㄒ一ㄢˋ），「䭪」在台語之口語音發陽去調【ānˈ，ㄥㄚ一】，所以紅豆包中之「豆餡」正字應寫做「豆䭪」。

（四）去聲：

1.送（陰去sòŋ，ㄙㄛㄥ∨）

2.宋（陰去sòŋ，ㄙㄛㄥ∨）

3.絳（陰去kàŋ，ㄍㄤ∨）

4.寘（陰去chì，ㄐㄧ∨）

5.未（陽去bī，ㄅˇㄧ－）

6.御（陽去gī，ㄍˇㄧ－）

7.遇（陽去gū，ㄍˇㄨ－）

8.霽（陰去chè，ㄗㄝˋ）

9.泰（陰去tài，ㄊㄞ∨）

10.卦（陰去kùa，ㄍㄨㄚ∨）

11.隊（陽去dūi，ㄉㄨㄧ－）

12.震（陰去chìn，ㄐㄧㄣ∨）

13.問（陽去būn，ㄅˇㄨㄣ－）

14.願（陽去guān，ㄍˇㄨㄢ－）

15.翰（陽去hān，ㄏㄢ－）

16.諫（陰去kàn，ㄍㄢ∨）

17.霰（陰去sièn，ㄙㄧㄝㄣ∨）

18.嘯（陰去siàu，ㄙㄧㄠˋ）

19.效（陽去hāu，ㄏㄠ－）

20.號（陽去hō，ㄏㄛ－）

21.箇（陰去kò，ㄍㄛ∨）

22.禡（陽去ㄇㄚ－，ㄇㄚ－）

23.漾（陽去iōŋ，ㄧㄛㄥ－）

24.敬（陰去kièŋ，ㄍㄧㄝㄥ∨）

25.徑（陰去kièŋ，ㄍㄧㄝㄥ∨）

26.宥（陽去iū，ㄧㄨ－）

27.沁（陰去tsìm，ㄑㄧㄇ∨）

28.勘（陰去khàm，ㄎㄚㄇˇ）

29.豔（陽去iām，ㄧㄚㄇ－）

30.陷（陽去hām，ㄏㄚㄇ－）

◎「寘」見《唐韻》：「支義切」，取「支chi，ㄐㄧ」之陰平聲
　母「ch，ㄐ」、「義gī，ㄍˇㄧ－」之陽去韻母「ī，ㄧ－」，切
　合成陰去調之「chì，ㄐㄧˇ」。

◎「霽」見《唐韻》：「子計切」，取「子chú，ㄗㄨˋ」之陰上
　聲母「ch，ㄐ」、「計kè，ㄍㄝˇ」之陰去韻母「è，ㄝˇ」，
　切合成陰去調之「chè，ㄐㄝˇ」。

◎「諫」見《集韻》：「居晏切」，取「居ki，ㄍㄧ」之陰平聲母
　「k，ㄍ」、「晏àn，ㄢˇ」之陰去韻母「àn，ㄢˇ」，切合成
　陰去調之「kàn，ㄍㄢˇ」。

　　　唐太宗李世民是一位有雅量之明君，能接納臣諫，其中以
　「魏徵諫太宗」最著名，此句以當時話音（和台語相同）可
　標記為「gùi-dieŋ kán-tái-chɔŋ，ㄍˇㄨㄧˇ ㄅㄧㄝㄥ ㄍㄢˋ
　ㄊㄞˋ ㄗɔㄥ」。

◎「霰」見《集韻》：「先見切」，取「先sien，ㄙㄧㄝㄣ」之陰
　平聲母「s，ㄙ」、「見kièn，ㄙㄧㄝㄣˇ」之陰去韻母「ièn，
　ㄧㄝㄣˇ」，切合成陰去調之「sièn，ㄙㄧㄝㄣˇ」。

◎「箇」見《集韻》：「居賀切」，取「居ki，ㄍㄧ」之陰平聲母
　「k，ㄍ」、「賀hō，ㄏㄛ－」之陽去韻母「ō，ㄛ－」，切合成
　陰去調之「kò，ㄍㄛˇ」。

◎「宥」見《集韻》：「尤救切」，取「尤iû，ㄧㄨˊ」之陽平空
　母（無聲母）、「救kiù，ㄍㄧㄨˇ」之陰去韻母「iù，ㄧㄨˇ」，
　切合成陽去調之「iū，ㄧㄨ－」。

◎「沁」見《唐韻》：「七鴆切」，取「七tsít，ㄑㄧㄊˋ」之
　陰入聲母「ts，ㄑ」、「鴆dīm，ㄅㄧㄇ－」之陽去韻母「īm，
　ㄧㄇ－」，切合成陰去調之「tsìm，ㄑㄧㄇˇ」。

台語曰「沁人心脾」【tsím-jîn sīm-pî，ㄑㄧㄇˋ ㄐˊㄧㄣˊ ㄙㄧㄇ˙ ㄅㄧˊ】，指呼吸到新鮮空氣或飲清涼飲料後感覺身心舒適，同意之口語即「透心涼」標音【táu-sīm-liâŋ，ㄊㄠˋ ㄙㄧㄇ˙ ㄌㄧㄤˊ】。

◎「勘」見《唐韻》：「苦紺切」，取「苦khó，ㄎㄜˋ」之陰上聲母「kh，ㄎ」、「紺kàm，ㄍㄚㄇˇ」之陰去韻母「àm，ㄚㄇˇ」，切合成陰去調之「khàm，ㄎㄚㄇˇ」。

　　《玉篇》：「勘，覆定也」，台語曰：「勘蓋」標音【khám-kuà，ㄎㄚㄇˋ ㄍㄨㄚˇ】就是北京話「用蓋子覆蓋」之意。【kuà，ㄍㄨㄚˇ】是「蓋」之台語口語音，而文讀音為【kài，ㄍㄞˇ】如「蓋世」【kái-sè，ㄍㄞˋ ㄙㄝˇ】。

　　近年來一大票台語文專家學者竟然異口同聲說「khàm，ㄎㄚㄇˇ在台語無字，所以用蓋代替」，不知者大放厥詞，筆者深感實在有夠受氣，因此舉古籍為證以正視聽。

（五）入聲：

1.屋（陰入ôk，ㄜㄍˋ）

2.沃（陰入ôk，ㄜㄍˋ）

3.覺（陰入kák，ㄍㄚㄍˋ）

4.質（陰入chít，ㄐㄧㄊˋ）

5.物（陽入būt，ㄅˇㄨㄊ－）

6.月（陽入guāt，ㄍˇㄨㄚㄊ－）

7.曷（陽入hāt，ㄏㄚㄊ－）

8.黠（陽入hāt，ㄏㄚㄊ－）

9.屑（陰入siét，ㄙㄧㄝㄊˋ）

10.藥（陽入iōk，ㄧㄜㄍ－）

11.陌（陽入biēk，ㄅˇㄧㄝㄍ－）

12.錫（陰入siék，ㄙㄧㄝㄍˋ）

13.職（陰入chít，ㄐㄧㄗˋ）

14.緝（陰入tsíp，ㄑㄧㄣˋ）

15.合（陽入hāp，ㄏㄚㄅ－）

16.葉（陽入iāp，ㄧㄚㄅ－）

17.洽（陽入hiāp，ㄏㄧㄚㄅ－）

　　因北京話已失去「入聲」，當今不少教音韻學之教授根本發不出「入聲」，更妙者就發出近似「入聲」之模擬聲，學生聽了似懂非懂，造成知「入聲」者卻發不出正確「入聲」之怪現象。有鑑於此，筆者逐一詳述入聲韻母，希望能助「想學者」發出正確「入聲」，以解決不少學者之痛。

◎「屋」（k發促聲以顎收音）見《廣韻》：「烏谷切」，取「烏ɔ，ㄛ」之陰平空聲母（無聲母）、「谷kók，ㄍㄛㄍˋ」之陰入韻母「ók，ㄛㄍˋ」，切合成陰入調之「ók，ㄛㄍˋ」。

◎「沃」（k發促聲以顎收音）見《廣韻》：「烏酷切」，取「烏ɔ，ㄛ」之陰平空聲母〈無聲母〉、「酷khók，ㄎㄛㄍˋ」之陰入韻母「ók，ㄛㄍˋ」，切合成陰入調之「ók，ㄛㄍˋ」。

　　「ók，ㄛㄍˋ」為台語文讀音，「沃野」發【ók-iá，ㄛㄍㄧㄚˋ】。

　　「ák，ㄚㄍˋ」為台語口語音，「沃花」發【ak-hue，ㄚㄍㄏㄨㄝ】，即澆花之意。

　　「沃雨」發【ak-hō，ㄚㄍㄏㄛ－】，即淋雨之意。

◎「覺」（k發促聲以顎收音）見《唐韻》：「古岳切」，取「古kó，ㄍㄛˋ」之陰上聲母「k，ㄍ」、「岳gāk，ㄍ˙ㄚㄍ－」之陽入韻母「āk，ㄚㄍ－」，切合成陰入調之「kák，ㄍㄚㄍˋ」。

◎「質」（t發促聲以舌收音）見《唐韻》：「之日切」，取「之chi，ㄐㄧ」之陰平聲母「ch，ㄐ」、「日jīt，ㄐ˙ㄧㄗ－」之陽入韻母「īt，ㄧㄗ－」，切合成陰入調之「chít，ㄐㄧㄗˋ」。

◎「物」（t發促聲以舌收音）見《唐韻》：「文弗切」，取「文bûn，ㄅˇㄨㄣˊ」之陽平聲母「b，ㄅˇ」、「弗hút，ㄏㄨㄉˋ」之陰入韻母「út，ㄨㄉˋ」，切合成陽入調之「būt，ㄅˇㄨㄉ－」。

◎「月」（t發促聲以舌收音）見《唐韻》：「魚厥切」，取「魚gû，ㄍˇㄨˊ」之陽平聲母「g，ㄍˇ」、「厥kuát，ㄍㄨㄚㄉˋ」之陰入韻母「uát，ㄨㄚㄉˋ」，切合成陽入調之「guāt，ㄍˇㄨㄚㄉ－」。

◎「曷」（t發促聲以舌收音）見《集韻》：「何葛切」，取「何hô，ㄏㄛˊ」之陽平聲母「h，ㄏ」、「葛kát，ㄍㄚㄉˋ」之陰入韻母「át，ㄚㄉˋ」，切合成陽入調之「hāt，ㄏㄚㄉ－」。

◎「黠」（t發促聲以舌收音）見《集韻》：「下八切」，取「下hā，ㄏㄚ－」之陽去聲母「h，ㄏ」、「八pát，ㄅㄚㄉˋ」陰入之韻母「át，ㄚㄉˋ」，切合成陽入調之「hāt，ㄏㄚㄉ－」。

◎「屑」（t發促聲以舌收音）見《集韻》：「先結切」，取「先sien，ㄙㄧㄝㄣ」之陰平聲母「s，ㄙ」、「結kiét，ㄍㄧㄝㄉˋ」之陰入韻母「iét，ㄧㄝㄉˋ」，切合成陰入調之「siét，ㄙㄧㄝㄉˋ」。

◎「藥」（k發促聲以顎收音）見《唐韻》：「弋約切」，取「弋īt，ㄧㄊ－」之陽入空聲母〈無聲母〉、「約iók，ㄧㄛㄍˋ」之陰入韻母「iók，ㄧㄛㄍˋ」，切合成陽入調之「iōk，ㄧㄛㄍ－」。

◎「陌」（k發促聲以顎收音）見《廣韻》：「莫白切」，取「莫bōk，ㄅˇㄛㄍ－」之陽入聲母「b，ㄅˇ」、「白piēk，ㄅㄧㄝㄍ－」之陽入韻母「iēk，ㄧㄝㄍ－」，切合成陽入調之「biēk，ㄅˇㄧㄝㄍ－」。

◎「錫」（k發促聲以顎收音）見《集韻》：「先的切」，取「先sien，ㄙㄧㄝㄣ」之陰平聲母「s，ㄙ」、「的diék，ㄉㄧㄝㄍˋ」之陰入韻母「iék，ㄧㄝㄍˋ」，切合成陰入調之「siék，ㄙㄧㄝㄍˋ」。

◎「職」（t發促聲以舌收音）見《廣韻》：「之弋切」，取「之chi，ㄐㄧ」之陰平聲母「ch，ㄐ」、「弋īt，ㄧㄊ－」之陽入韻母「īt，ㄧㄊ－」，切合成陰入調之「chít，ㄐㄧㄊˋ」。

◎「緝」（p發促聲以唇收音）見《廣韻》：「七入切」，取「七
tsít，ㄑㄧㄊˋ」之陰入聲母「ts，ㄑ」、「入ji̍p，ㆢㄧㄅㄧ」之
陽入韻母「ī̍p，ㄧㄅㄧ」，切合成陰入調之「tsíp，ㄑㄧㄅˋ」。

◎「合」（p發促聲以唇收音）見《唐韻》：「侯閤切」，取「侯
hô，ㄏㆦˊ」之陽平聲母「h，ㄏ」、「閤ha̍p，ㄏㄚㄅㄧ」之陽
入韻母「ā̍p，ㄚㄅㄧ」，切合成陽入調之「ha̍p，ㄏㄚㄅㄧ」。

◎「葉」（p發促聲以唇收音）見《集韻》：「弋涉切」，取「弋ī̍t，
ㄧㄊㄧ」之陽入空聲母〈無聲母〉、「涉sia̍p，ㄙㄧㄚㄅㄧ」之陽
入韻母「ia̍p，ㄧㄚㄅㄧ」，切合成陽入調之「ia̍p，ㄧㄚㄅㄧ」。

◎「洽」（p發促聲以唇收音）見《唐韻》：「侯夾切」，取「侯hô，
ㄏㆦˊ」之陽平聲母「h，ㄏ」、「夾kiáp，ㄍㄧㄚㄅˋ」之陰入韻
母「iáp，ㄧㄚㄅˋ」，切合成陽入調之「hia̍p，ㄏㄧㄚㄅㄧ」。

（六）台語本調之聲調由上述之八聲加上陰輕和陽輕共十種

1. 陰平調（第一聲）東daŋㄅㄤ 　　　變調為陽去調dāŋㄅㄤ－

2. 陽平調（第二聲）銅dâŋㄅㄤˊ 　　變調為陽去調dāŋㄅㄤ－

3. 陰上調（第三聲）董dáŋㄅㄤˋ 　　變調為陰平調daŋㄅㄤ

4. 陽上調（第四聲）動dãŋㄅㄤ∧ 　　變調為陰去調dàŋㄅㄤˇ

5. 陰去調（第五聲）凍dàŋㄅㄤ∨ 　　變調為陰上調dáŋㄅㄤˋ

6. 陽去調（第六聲）重dāŋㄅㄤ－ 　　變調為陰去調dàŋㄅㄤˇ

7. 陰入調（第七聲）篤dák ㄅㄚㄍˋ 　變調為高入調dak ㄅㄚㄍ

8. 陽入調（第八聲）逐da̍k ㄅㄚㄍ－ 　變調為低入調dàk ㄅㄚㄍˇ

9. 陰輕調（第九聲）答dáh ㄅㄚㄏˋ或 ・ㄅㄚ 　　變調為陰上調dá(h)
ㄅㄚˋ

10. 陽輕調（第十聲）踏dāh ㄅㄚㄏ－ 　變調為低輕調dàh ㄅㄚㄏ∨

◎在南部台南、高雄、屏東等地方之腔調有兩聲調與實際發音不同。

「陽入本調」在南部腔之發音已成為「陰入本調」變調後升至較高階之「高音入調」。

1. 如小學之「學」原本發陽入調【hāk，ㄏㄚㄍ－】，南部腔則升高至【hak，ㄏㄚㄍ】。

2. 陽輕本調」在南部腔之發音已成為「陰輕本調」變調後之「陰上調」。

如生活之「活」原本發陽輕調【uāh，ㄨㄚㄏ－】，南部腔轉為陰上調【uá，ㄨㄚˋ】，同「倚」之口語發音。

◎在口語中陽上調皆轉為陽去調，此為俗稱實際本調只有「七調」之由來。

譬如：動 dǎŋ ㄉㄤˇ原為陽上調，因速讀連音轉為陽去調，而發dāŋ ㄉㄤ－。而台語之字詞（兩字以上）連讀發音產生各種不同變調法則，成為全世界中唯一有變調法則之最特殊語言。

所謂本調即指該字原本音調，變調分為規則、不規則兩大類，以規則變調居大多數。規則變調即指兩字以上相連字詞時，前字變調、最後一字維持本調不變。不規則變調又分為（一）最後一字變調、前字不變調及（二）前後字皆變調兩種。

1. 台語規則變調所衍生之聲調有高入、低入、低輕三種。

陰入調變調為高入調、陽入調變調為低入調、陽輕調變調為低輕調。

2. 台語三連音變調所衍生之聲調有中入、中輕兩種。

「熟」本調為陽入調，「熟熟熟」同字三連音，表示非常「熟」之意，連讀發音為「sěk-sèk-sēk」（ㄙㆤㄍˇ ㄙㆤㄍˇ ㄙㆤㄍ－），第一字變為「sěk」（ㄙㆤㄍˇ）中入調、第二字依規則變調降為變調為「sèk」（ㄙㆤㄍˇ）低入調、第三字維持「sēk」（ㄙㆤㄍ－）陽入本調。

「白」本調為陽輕調，「白白白」同字三連音，表示非常「白」之意，連讀發音為「pěh-pèh-pēh」（ㄅㆤㄏˇ ㄅㆤㄏˇ ㄅㆤㄏ－），第一

字變為「pĕh」（ㄅㄝㄏˆ）中輕調、第二字依規則變調降為變調為「pèh」（ㄅㄝㄏˇ）低輕調、第三字維持「pēh」（ㄅㄝㄏ－）陽輕本調。

3.台語變調所衍生之聲調共有高入、低入、低輕、中入、中輕五種，加上十種本調，台語聲調共有十五種。

因此台語被聲韻學家認為保留最古老字音，亦可印證歷代之聲韻著作，可謂人類一項極重要文化資產。

七、台語基本聲調和北京話聲調之對應

本篇亦可稱為古代漢語和胡化漢語聲調之對應，現代北京話（即大陸所稱之普通話，學術界稱為現代漢語）只保留陰平調（普通話之第一聲，如東）、陽平調（普通話之第二聲，如同）、陰上調（普通話之第三聲，如董）、陰去調（普通話之第四聲，如動）等四種。

（一）台語陰平調之發聲和北京話之第一聲相同

例　字	衣	彎	爭	兵
台　語	i	uan	chieŋ	pieŋ
	ㄧ	ㄨㄢ	ㄐㄧㄝㄥ	ㄅㄧㄝㄥ
北京話	ㄧ	ㄨㄢ	ㄓㄥ	ㄅㄧㄥ

（二）台語陽平調之發聲和北京話之第一聲相近

例　字	移	丸	情	平
台　語	î	uân	chiêŋ	piêŋ
	ㄧˊ	ㄨㄢˊ	ㄐㄧㄝㄥˊ	ㄅㄧㄝㄥˊ
北京話	ㄧˊ	ㄨㄢˊ	ㄑㄧㄥˊ	ㄆㄧㄥˊ

（三）台語陰上調之發聲和北京話之第四聲相同

例　字	以	婉	整	秉
台　語	í	uán	chién	pién
	ㄧˋ	ㄨㄢˋ	ㄐㄧㄝㄥˋ	ㄅㄧㄝㄥˋ
北京話	ㄧˇ	ㄨㄢˇ	ㄓㄥˇ	ㄅㄧㄥˇ

（四）台語陰去調之發聲和北京話之第三聲相近

例　字	意	怨	正	柄
台　語	ì	uàn	chièn	pièn
	ㄧˇ	ㄨㄢˇ	ㄐㄧㄝㄥˇ	ㄅㄧㄝㄥˇ
北京話	ㄧˋ	ㄩㄢˋ	ㄓㄥˋ	ㄅㄧㄥˇ

（五）台語陽去調，北京話無此類聲

例　字	異	媛	靜	並
台　語	ī	uān	chiēn	piēn
	ㄧ—	ㄨㄢ—	ㄐㄧㄝㄥ—	ㄅㄧㄝㄥ—
北京話	ㄧˋ	ㄩㄢˊ	ㄐㄧㄥˋ	ㄅㄧㄥˋ

（六）台語陰入調，北京話無此類聲

例　字	一	斡	則	迫
台　語	ít	uát	chiék	piék
	ㄧㄊˋ	ㄨㄚㄊˋ	ㄐㄧㄝㄍˋ	ㄅㄧㄝㄍˋ
北京話	ㄧˋ	ㄨㄛˋ	ㄗㄜˊ	ㄆㄛˋ

（七）台語陽入調，北京話無此類聲

例　字	逸	越	籍	舶
台　語	īt	uāt	chiēk	piēk
	ㄧㄊ—	ㄨㄚㄊ—	ㄐㄧㄝㄍ—	ㄅㄧㄝㄍ—
北京話	ㄧˋ	ㄩㄝˋ	ㄐㄧˊ	ㄅㄛˊ

（八）台語陰輕調之發聲和北京話之輕聲相同

例　字	厄	哇	節	百
台　語	éh	uáh	chéh	péh
	·ㄝ	·ㄨㄚ	·ㄗㄝ	·ㄅㄝ
北京話	ㄜˋ	ㄨㄚ	ㄐㄧㄝˊ	ㄅㄞˇ

（九）台語陽輕調，北京話無此類聲

例　字	隘	活	截	白
台　語	ēh	uāh	chēh	pēh
	ㄝㄏ－	ㄨㄚㄏ－	ㄗㄝㄏ－	ㄅㄝㄏ－
北京話	ㄞˋ	ㄏㄨㄛˊ	ㄐㄧㄝˊ	ㄅㄞˊ

八、北京話之五聲和台語聲調之對應

（一）第一聲

番【ㄈㄢ】台語：【huan ㄏㄨㄢ】（文讀音為陰平調）

頭番【tāu-huan，ㄊㄠ－ㄏㄨㄢ排序第一位】

八【ㄅㄚ】台語：【pát ㄅㄚㄊˋ】（文讀音為陰入調）

二二八【jì-jì-pát，ㄐˋㄧˇ ㄐˋㄧˇ ㄅㄚㄊˋ】

八【ㄅㄚ】、台語：【péh ·ㄅㄝ】（口語音為陰輕調）

十八【chàp-péh，ㄗㄚㄅˇ ·ㄅㄝ】

（二）第二聲

凡【ㄈㄢˊ】台語：【huân ㄏㄨㄢˊ】（文讀音為陽平調）

平凡【piēŋ-huân，ㄅㄧㄝㄥ－ㄏㄨㄢˊ】

答【ㄉㄚˊ】台語：【dáp ㄉㄚㄅˋ】（文讀音為陰入調）

回答【hūe-dáp，ㄏㄨㄝ－ㄉㄚㄅˋ】

答【ㄉㄚˊ】台語：【dáh ·ㄉㄚ】（口語音為陰輕調）

合【ㄏㄜˊ】台語：【hāp ㄏㄚㄅ－】（文讀音為陽入調）

適合【siek-hāp , ㄙㄧ－ㄝㄍ ㄏㄚㄅ－】

合【ㄏㄜˊ】台語：【hāh ㄏㄚㄏ－】（口語音為陽輕調）

未合【bè-hāh , ㄅˇㄝ∨ ㄏㄚㄏ－ 不合】

（三）第三聲

反【ㄈㄢ∨】台語：【huán ㄏㄨㄢˋ】（文讀音為陰上調）

平反【piēŋ-huán , ㄅㄧㄝㄥ－ ㄏㄨㄢˋ】

百【ㄅㄞ∨】台語：【piék ㄅㄧㄝㄍˋ】（文讀音為陰入調）

千方百計【tsiēn-hɔŋ piek-kè , ㄑㄧㄝㄅ－ ㄏㄛㄥ ㄅㄧㄝㄍ ㄍㄝ∨】

百【ㄅㄞ∨】台語：【páh ・ㄅㄚ】（口語音為陰輕調）

幾百【kui-páh , ㄍㄨㄧ－ ・ㄅㄚ】

葛【ㄍㄜ∨】台語：【kát ㄍㄚㄊˋ】（文讀音為陰入調）

諸葛亮【chū-kat-liāŋ , ㄗㄨ－ ㄍㄚㄊ ㄌㄧㄤ－】

（四）第四聲

販【ㄈㄢˋ】台語：【huàn ㄏㄨㄢ∨】（文讀音為陰去調）

攤販【tuāñ-huàn , ㄊㄥㄨㄚ－ ㄏㄨㄢ∨】

範【ㄈㄢˋ】台語：【huān ㄏㄨㄢ－】（文讀音為陽去調）

師範【sū-huān , ㄙㄨ－ ㄏㄨㄢ－】

客【ㄎㄜˋ】台語：【khiék ㄎㄧㄝㄍˋ】（文讀音為陰去調）

主客【chu-khiék , ㄗㄨ ㄎㄧㄝㄍˋ】

客【ㄎㄜˋ】台語：【khéh ・ㄎㄝ】（口語音為陰輕調）

做客【chó-khéh , ㄗㄜˋ ・ㄎㄝ】

（五）輕聲

的【・ㄉㄜ】台語：【diék ㄅㄧㄝㄍˋ】（文讀音為陰入調）

目的【bɔk-diék , ㄅˇㄛㄍˇ ㄅㄧㄝㄍˋ】

得【・ㄉㄜ】台語：【déh ・ㄉㄝ】（口語音為陰輕調）

得教冊【déh ká-tséh，‧ㄅㄝ ㄍㄚˋ ‧ㄘㄝ 在教書】

裳【‧ㄕㄤ】台語：【siôŋ ㄙㄧㄛㄥˊ】（文讀音為陽平調）

衣裳【ī-siôŋ，ㄧˉ ㄙㄧㄛㄥˊ】

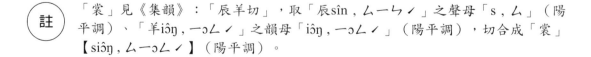

註 「裳」見《集韻》：「辰羊切」，取「辰sîn，ㄙㄧㄣˊ」之聲母「s，ㄙ」（陽平調）、「羊iôŋ，ㄧㄛㄥˊ」之韻母「iôŋ，ㄧㄛㄥˊ」（陽平調），切合成「裳」【siôŋ，ㄙㄧㄛㄥˊ】（陽平調）。

第四章、台語三大音系、特殊腔調及聲韻

一、台語三大音系（漳州、泉州、廈門）之比較

台語三大音系為漳州腔、泉州腔及廈門腔，茲依聲母（即子音）、韻母（即母音）、特殊腔調分別舉例說明。

聲母不同者只有一種，漳州、廈門腔發「j」（ㄐ˝）、泉州腔發「l」（ㄌ）。

例字	漳州腔		廈門腔		泉州腔	
如	jî	ㄐ˝一ˊ	jû	ㄗ˝ㄨˊ	lû	ㄌㄨˊ
乳	jí	ㄐ˝一ˋ	jú	ㄗ˝ㄨˋ	lú	ㄌㄨˋ
字	jī	ㄐ˝一－	jī	ㄐ˝一－	lī	ㄌ一－
人	jîn	ㄐ˝一ㄣˊ	jîn	ㄐ˝一ㄣˊ	lîn	ㄌ一ㄣˊ
日	jīt	ㄐ˝一ㄊ－	jīt	ㄐ˝一ㄊ－	līt	ㄌ一ㄊ－
忍	jím	ㄐ˝一ㄇˋ	jím	ㄐ˝一ㄇˋ	lím	ㄌ一ㄇˋ
入	jīp	ㄐ˝一ㄅ－	jīp	ㄐ˝一ㄅ－	līp	ㄌ一ㄅ－
然	jiên	ㄐ˝一ㄝㄣˊ	jiên	ㄐ˝一ㄝㄣˊ	liên	ㄌ一ㄝㄣˊ
熱	jiēt	ㄐ˝一ㄝㄊ－	jiēt	ㄐ˝一ㄝㄊ－	liēt	ㄌ一ㄝㄊ－
遮	jia	ㄐ˝一ㄚ	jia	ㄐ˝一ㄚ	lia	ㄌ一ㄚ
惹	jiá	ㄐ˝一ㄚˋ	jiá	ㄐ˝一ㄚˋ	liá	ㄌ一ㄚˋ
染	jiám	ㄐ˝一ㄚㄇˋ	jiám	ㄐ˝一ㄚㄇˋ	liám	ㄌ一ㄚㄇˋ
擾	jiáu	ㄐ˝一ㄠˋ	jiáu	ㄐ˝一ㄠˋ	liáu	ㄌ一ㄠˋ
尿	jiō	ㄐ˝一ㄜ－	jiō	ㄐ˝一ㄜ－	liō	ㄌ一ㄜ－
裕	jū	ㄗ˝ㄨ－	jū	ㄗ˝ㄨ－	lū	ㄌㄨ－

韻母不同者有四種，可分為單獨差別、完全對應、部分對應、交叉對應。

（一）單獨差別

例字	漳州腔		廈門腔		泉州腔	
母	bó	ㄅˋㄛˋ	bú	ㄅˋㄨˋ	bió	ㄅˋㄧㄛˋ
梅	mûe	ㄇㄨㄝˊ	mûi	ㄇㄨㄧˊ	m̂	ㄇˊ
媒	mûe	ㄇㄨㄝˊ	mûi	ㄇㄨㄧˊ	m̂	ㄇˊ
煤	mûe	ㄇㄨㄝˊ	mûi	ㄇㄨㄧˊ	mûi	ㄇㄨㄧˊ
每	múe	ㄇㄨㄝˋ	múi	ㄇㄨㄧˋ	múi	ㄇㄨㄧˋ
糜	mûe	ㄇㄨㄝˊ	bê	ㄅˋㄝˊ	bê	ㄅˋㄜˊ
妹	mūe	ㄇㄨㄝ一	bē	ㄅˋㄝ一	bā	ㄅˋㄜ一
馬	bé	ㄅˋㄝˋ	bé	ㄅˋㄝˋ	bé	ㄅˋㄜˋ
罵	mē	ㄇㄝ一	mā	ㄇㄚ一	mā	ㄇㄚ一
我等（我們）	guán	ㄍˋㄨㄢˋ	gún	ㄍˋㄨㄣˋ	gún	ㄍˋɯㄣˋ
雅	gné	ㄍˋㄥㄝˋ	gná	ㄍˋㄥㄚˋ	gná	ㄍˋㄥㄚˋ
血	húeh	˙ㄏㄨㄝ	húih	˙ㄏㄨㄧ	húih	˙ㄏㄨㄧ
汝	jí	ㄐˋ一ˋ	jú	ㄗˋㄨˋ	lú	ㄌɯˋ
科	kho	ㄎㄛ	khe	ㄎㄝ	khə	ㄎㄜ
二	nō	ㄋㄛ一	nñ	ㄋㄥ一	nñ	ㄋㄥ一
書	si	ㄙ一	su，chu	ㄙㄨ，ㄗㄨ	chɯ	ㄗɯ

註 「ɯ」為表示泉州腔特有韻母之國音標符號，「ɯ」在韓國話為基本韻母之一，在韓國之「訓民正音」（Hunmin Jeongeum表音文字，如同日文假名）字母符號為「ㅡ」，依南韓文化觀光部告示第2000-8號「羅馬字表記法」為「eu」，韓語名稱為「으」（亦即做為表音字之寫法），「ㅡ」上部之「ㅇ」被稱為無聲子音之字母符號，當做音節中不發聲之聲母部分，此種組合觀念係受到古代漢語「影母」即「空母」影響之具體應用語表現。「影母」即「空母」是指漢語聲韻學三十六字母（代表聲母之字）中之「影母」（因「影」ién，一ㄝㄥˋ無子音只發母音）表示無（空者無也）聲母之字韻，亦即只有韻母發音（母音）之字，韓國聲韻學家用「ㅇ」（零）表示不發聲之「空母」。所以「으」只發「ㅡ」母音，「ㅡ」、「ɯ」近似注音符號「ㄜㄨ」之連音。韓文之「音」字寫成「음」，以聲韻分析上部之「ㅇ」為無聲子音、中部之「ㅡ」發「ɯ」母音、下部之「ㅁ」為母音韻尾之「m」鼻音，所以韓語之「音」用國際音標記為「ɯm」。

（二）完全對應

1.漳州腔發eñ，ㄥㄝ韻母，泉州腔、廈門腔發iñ，ㄥㄧ韻母

例字	漳州腔		廈門腔		泉州腔	
嬰	eñ	ㄥㄝ	iñ	ㄥㄧ	iñ	ㄥㄧ
暝、盲	bêñ, mê	ㆣˋㄥㄝˊ, ㄇㄝˊ	bîñ, mî	ㆣˋㄥㄧˊ, ㄇㄧˊ	bîñ, mî	ㆣˋㄥㄧˊ, ㄇㄧˊ
爭、晶	cheñ	ㄗㄥㄝ	chiñ	ㄗㄥㄧ	chiñ	ㄗㄥㄧ
井	chéñ	ㄗㄥㄝˋ	chíñ	ㄗㄥㄧˋ	chíñ	ㄗㄥㄧˋ
諍	chèñ	ㄗㄥㄝˇ	chìñ	ㄗㄥㄧˇ	chìñ	ㄗㄥㄧˇ
鄭	dēñ	ㄉㄥㄝ˗	dīñ	ㄉㄥㄧ˗	dīñ	ㄉㄥㄧ˗
硬	gēñ	ㆣˋㄥㄝ˗	gīñ	ㆣˋㄥㄧ˗	gīñ	ㆣˋㄥㄧ˗
更、庚、經	keñ	ㄍㄥㄝ	kiñ	ㄍㄥㄧ	kiñ	ㄍㄥㄧ
坑	kheñ	ㄎㄥㄝ	khiñ	ㄎㄥㄧ	khiñ	ㄎㄥㄧ
奶	ne	ㄋㄝ	ni	ㄋㄧ	ni	ㄋㄧ
平、坪、棚	pêñ	ㄅㄥㄝˊ	pîñ	ㄅㄥㄧˊ	pîñ	ㄅㄥㄧˊ
柄	pèñ	ㄅㄥㄝˇ	pìñ	ㄅㄥㄧˇ	pìñ	ㄅㄥㄧˇ
病	pēñ	ㄅㄥㄝ˗	pīñ	ㄅㄥㄧ˗	pīñ	ㄅㄥㄧ˗
彭、澎	phêñ	ㄆㄥㄝˊ	phîñ	ㄆㄥㄧˊ	phîñ	ㄆㄥㄧˊ
生	señ	ㄙㄥㄝ	siñ	ㄙㄥㄧ	siñ	ㄙㄥㄧ
姓	sèñ	ㄙㄥㄝˇ	sìñ	ㄙㄥㄧˇ	sìñ	ㄙㄥㄧˇ
省	séñ	ㄙㄥㄝˋ	síñ	ㄙㄥㄧˋ	síñ	ㄙㄥㄧˋ
星、腥、青	tseñ	ㄘㄥㄝ	tsiñ	ㄘㄥㄧ	tsiñ	ㄘㄥㄧ

2.漳州腔發ioñ，ㄥㄧㆦ韻母，泉州腔、廈門腔發iuñ，ㄥㄧㄨ韻母

例字	漳州腔		廈門腔		泉州腔	
鴦	ioñ	ㄥㄧㆦ	iuñ	ㄥㄧㄨ	iuñ	ㄥㄧㄨ
羊、洋、楊	iôñ	ㄥㄧㆦˊ	iûñ	ㄥㄧㄨˊ	iûñ	ㄥㄧㄨˊ
養	ió	ㄥㄧㆦˋ	iúñ	ㄥㄧㄨˋ	iúñ	ㄥㄧㄨˋ
樣	ioñ	ㄥㄧㆦ˗	iūñ	ㄥㄧㄨ˗	iūñ	ㄥㄧㄨ˗
章、樟、漿	chioñ	ㄐㄥㄧㆦ	chiuñ	ㄐㄥㄧㄨ	chiuñ	ㄐㄥㄧㄨ
蔣、槳	chióñ	ㄐㄥㄧㆦˋ	chiúñ	ㄐㄥㄧㄨˋ	chiúñ	ㄐㄥㄧㄨˋ

例字	漳州腔		廈門腔		泉州腔	
醬	chiɔ̃	ㄐㄥ一ㄛˇ	chiùñ	ㄐㄥㄨˇ	chiùñ	ㄐㄥㄨˇ
瘴	chiɔ̃	ㄐㄥ一ㄛ一	chiūñ	ㄐㄥㄨ一	chiūñ	ㄐㄥㄨ一
張	diɔ̃	ㄉㄥ一ㄛ	diuñ	ㄉㄥㄨ	diuñ	ㄉㄥㄨ
場	diɔ̂̃	ㄉㄥ一ㄛˊ	diûñ	ㄉㄥㄨˊ	diûñ	ㄉㄥㄨˊ
長	diɔ́̃	ㄉㄥ一ㄛˋ	diúñ	ㄉㄥㄨˋ	diúñ	ㄉㄥㄨˋ
帳、脹、賬	diɔ̌̃	ㄉㄥ一ㄛˇ	diùñ	ㄉㄥㄨˇ	diùñ	ㄉㄥㄨˇ
丈	diɔ̄̃	ㄉㄥ一ㄛ一	diūñ	ㄉㄥㄨ一	diūñ	ㄉㄥㄨ一
香、鄉	hiɔ̃	ㄏㄥ一ㄛ	hiuñ	ㄏㄥㄨ	hiuñ	ㄏㄥㄨ
薑	kiɔ̃	ㄍㄥ一ㄛ	kiuñ	ㄍㄥㄨ	kiuñ	ㄍㄥㄨ
腔	khiɔ̃	ㄎㄥ一ㄛ	khiuñ	ㄎㄥㄨ	khiuñ	ㄎㄥㄨ
娘、梁、量、糧	liɔ̂̃，niɔ̂	ㄉㄥ一ㄛˊ，ㄋㄥㄛˊ	liûñ，niû	ㄉㄥㄨˊ，ㄋㄥㄨˊ	liûñ，niû	ㄉㄥㄨˊ，ㄋㄥㄨˊ
兩	liɔ́̃，niɔ́	ㄉㄥ一ㄛˋ，ㄋㄥㄛˋ	liúñ，niú	ㄉㄥㄨˋ，ㄋㄥㄨˋ	liúñ，niú	ㄉㄥㄨˋ，ㄋㄥㄨˋ
讓	liɔ̄̃，niɔ̄	ㄉㄥ一ㄛ一，ㄋㄥㄛ一	liūñ，niū	ㄉㄥㄨ一，ㄋㄥㄨ一	liūñ，niū	ㄉㄥㄨ一，ㄋㄥㄨ一
箱、鑲	siɔ̃	ㄙㄥ一ㄛ	siuñ	ㄙㄥㄨ	siuñ	ㄙㄥㄨ
賞	siɔ́̃	ㄙㄥ一ㄛˋ	siúñ	ㄙㄥㄨˋ	siúñ	ㄙㄥㄨˋ
相	siɔ̌̃	ㄙㄥ一ˇ	siùñ	ㄙㄥㄨˇ	siùñ	ㄙㄥㄨˇ
想	siɔ̄̃	ㄙㄥ一ㄛ一	siūñ	ㄙㄥㄨ一	siūñ	ㄙㄥㄨ一
槍	tsiɔ̃	ㄑㄥ一ㄛ	tsiuñ	ㄑㄥㄨ	tsiuñ	ㄑㄥㄨ
牆	tsiɔ̂̃	ㄑㄥ一ㄛˊ	tsiûñ	ㄑㄥㄨˊ	tsiûñ	ㄑㄥㄨˊ
搶、廠	tsiɔ́̃	ㄑㄥ一ㄛˋ	tsiúñ	ㄑㄥㄨˋ	tsiúñ	ㄑㄥㄨˋ
唱	tsiɔ̌̃	ㄑㄥ一ㄛˇ	tsiùñ	ㄑㄥㄨˇ	tsiùñ	ㄑㄥㄨˇ
象、像	tsiɔ̄̃	ㄑㄥ一ㄛ一	tsiūñ	ㄑㄥㄨ一	tsiūñ	ㄑㄥㄨ一

3.漳州腔發uiñ，ㄥㄨ一韻母，泉州腔、廈門腔發ŋ，ㄥ韻母

例字	漳州腔		廈門腔		泉州腔	
央、秧	uiñ	ㄥㄨ一	ŋ	ㄥ	ŋ	ㄥ
黃	ûiñ	ㄥㄨ一ˊ	ŋ̂	ㄥˊ	ŋ̂	ㄥˊ
影、阮	úiñ	ㄥㄨ一ˋ	ŋ́	ㄥˋ	ŋ́	ㄥˋ
向	ùiñ	ㄥㄨ一ˇ	ŋ̀	ㄥˇ	ŋ̀	ㄥˇ
裝、莊	chuiñ	ㄗㄥㄨ一	chŋ	ㄗㄥ	chŋ	ㄗㄥ
當	duiñ	ㄉㄥㄨ一	dŋ	ㄉㄥ	dŋ	ㄉㄥ

長、腸、堂	dûiñ	ㄉㄥㄨㄧˊ	dn̂	ㄉㄥˊ	dn̂	ㄉㄥˊ
轉	dúiñ	ㄉㄥㄨㄧˋ	dń	ㄉㄥˋ	dń	ㄉㄥˋ
丈、斷、盪	dūiñ	ㄉㄥㄨㄧ―	dn̄	ㄉㄥ―	dn̄	ㄉㄥ―
方、荒、昏	huiñ	ㄏㄥㄨㄧ―	hn	ㄏㄥ	hn	ㄏㄥ
園	hûiñ	ㄏㄥㄨㄧˊ	hn̂	ㄏㄥˊ	hn̂	ㄏㄥˊ
遠	hūiñ	ㄏㄥㄨㄧ――	hn	ㄏㄥ―	hn	ㄏㄥ―
光、扛、缸	kuiñ	ㄍㄥㄨㄧ―	kn	ㄍㄥ	kn	ㄍㄥ
廣、管、捲	kúiñ	ㄍㄥㄨㄧˋ	kń	ㄍㄥˋ	kń	ㄍㄥˋ
鋼、卷	kùiñ	ㄍㄥㄨㄧˇ	kǹ	ㄍㄥˇ	kǹ	ㄍㄥˇ
康、糠	khuiñ	ㄎㄥㄨㄧ―	khn	ㄎㄥ	khn	ㄎㄥ
勸、园	khùiñ	ㄎㄥㄨㄧˇ	khǹ	ㄎㄥˇ	khǹ	ㄎㄥˇ
榔、瓤	nûi	ㄋㄨㄧˊ	nn̂	ㄋㄥˊ	nn̂	ㄋㄥˊ
軟	núi	ㄋㄨㄧˋ	nń	ㄋㄥˋ	nń	ㄋㄥˋ
卵	nūi	ㄋㄨㄧ―	nn	ㄋㄥ―	nn	ㄋㄥ―
門	mûi	ㄇㄨㄧˊ	mn̂	ㄇㄥˊ	mn̂	ㄇㄥˊ
問	mūi	ㄇㄨㄧ―	mn	ㄇㄥ―	mn	ㄇㄥ―
飯	pūiñ	ㄅㄥㄨㄧ――	pn	ㄅㄥ―	pn	ㄅㄥ―
酸、痠、栓、閂、霜、桑	suiñ	ㄙㄥㄨㄧ―	sŋ	ㄙㄥ	sŋ	ㄙㄥ
盛	sûiñ	ㄙㄥㄨㄧˊ	sŋ̂	ㄙㄥˊ	sŋ̂	ㄙㄥˊ
選（玩）	súiñ	ㄙㄥㄨㄧˋ	sŋ́	ㄙㄥˋ	sŋ́	ㄙㄥˋ
算	sùiñ	ㄙㄥㄨㄧˇ	sŋ̀	ㄙㄥˇ	sŋ̀	ㄙㄥˇ
湯	tuiñ	ㄊㄥㄨㄧ―	tŋ	ㄊㄥ	tŋ	ㄊㄥ
燙	tùiñ	ㄊㄥㄨㄧˇ	tŋ̀	ㄊㄥˇ	tŋ̀	ㄊㄥˇ
湯（溫）	tūiñ	ㄊㄥㄨㄧ――	tŋ	ㄊㄥ―	tŋ	ㄊㄥ―
川、穿、倉、艙、瘡	tsuiñ	ㄘㄥㄨㄧ―	tsŋ	ㄘㄥ	tsŋ	ㄘㄥ
床	tsûiñ	ㄘㄥㄨㄧˊ	tsŋ̂	ㄘㄥˊ	tsŋ̂	ㄘㄥˊ

4.漳州腔發iaŋ，一尢韻母，泉州腔、廈門腔發iɔŋ，一ㄛㄥ韻母

例字	漳州腔		廈門腔		泉州腔	
央、秧	iaŋ	一尢	iɔŋ	一ㄛㄥ	iɔŋ	一ㄛㄥ
洋、楊、陽	iâŋ	一尢ˊ	iôŋ	一ㄛㄥˊ	iôŋ	一ㄛㄥˊ
養	iáŋ	一尢ˋ	ióŋ	一ㄛㄥˋ	ióŋ	一ㄛㄥˋ
樣	iāŋ	一尢—	iōŋ	一ㄛㄥ—	iōŋ	一ㄛㄥ—
章、漳、彰、樟	chiaŋ	ㄐ一尢	chiɔŋ	ㄐㄛㄥ	chiɔŋ	ㄐㄛㄥ
掌、獎、槳	chiáŋ	ㄐ一尢ˋ	chióŋ	ㄐ一ㄛㄥˋ	chióŋ	ㄐ一ㄛㄥˋ
將	chiàŋ	ㄐ一尢ˇ	chiòŋ	ㄐ一ㄛㄥˇ	chiòŋ	ㄐ一ㄛㄥˇ
長	diâŋ	ㄉ一尢ˊ	diôŋ	ㄉ一ㄛㄥˊ	diôŋ	ㄉ一ㄛㄥˊ
長	diáŋ	ㄉ一尢ˋ	dióŋ	ㄉ一ㄛㄥˋ	dióŋ	ㄉ一ㄛㄥˋ
脹	diàŋ	ㄉ一尢ˇ	diòŋ	ㄉ一ㄛㄥˇ	diòŋ	ㄉ一ㄛㄥˇ
丈、仗、杖	diāŋ	ㄉ一尢—	diōŋ	ㄉ一ㄛㄥ—	diōŋ	ㄉ一ㄛㄥ—
香、鄉	hiaŋ	ㄏ一尢	hiɔŋ	ㄏ一ㄛㄥ	hiɔŋ	ㄏ一ㄛㄥ
享、響、餉	hiáŋ	ㄏ一尢ˋ	hióŋ	ㄏ一ㄛㄥˋ	hióŋ	ㄏ一ㄛㄥˋ
向	hiàŋ	ㄏ一尢ˇ	hiòŋ	ㄏ一ㄛㄥˇ	hiòŋ	ㄏ一ㄛㄥˇ
姜、僵、疆	kiaŋ	ㄍ一尢	kiɔŋ	ㄍ一ㄛㄥ	kiɔŋ	ㄍ一ㄛㄥ
強	kiâŋ	ㄍ一尢ˊ	kiôŋ	ㄍ一ㄛㄥˊ	kiôŋ	ㄍ一ㄛㄥˊ
良、量、糧	liâŋ	ㄌ一尢ˊ	liôŋ	ㄌ一ㄛㄥˊ	liôŋ	ㄌ一ㄛㄥˊ
兩	liáŋ	ㄌ一尢ˋ	lióŋ	ㄌ一ㄛㄥˋ	lióŋ	ㄌ一ㄛㄥˋ
亮、量、諒	liāŋ	ㄌ一尢—	liōŋ	ㄌ一ㄛㄥ—	liōŋ	ㄌ一ㄛㄥ—
商、相、傷	siaŋ	ㄙ一尢	siɔŋ	ㄙㄛㄥ	siɔŋ	ㄙㄛㄥ
祥、詳、常	siâŋ	ㄙ一尢ˊ	siôŋ	ㄙㄛㄥˊ	siôŋ	ㄙㄛㄥˊ
想、賞	siáŋ	ㄙ一尢ˋ	sióŋ	ㄙㄛㄥˋ	sióŋ	ㄙㄛㄥˋ
相	siàŋ	ㄙ一尢ˇ	siòŋ	ㄙㄛㄥˇ	siòŋ	ㄙㄛㄥˇ
上、尚、像	siāŋ	ㄙ一尢—	siōŋ	ㄙㄛㄥ—	siōŋ	ㄙㄛㄥ—
暢	tiàŋ	ㄊ一尢ˇ	tiòŋ	ㄊㄛㄥˇ	tiòŋ	ㄊ一ㄛㄥˇ
昌	tsiaŋ	ㄑ一尢	tsiɔŋ	ㄑㄛㄥ	tsiɔŋ	ㄑㄛㄥ
倡、唱	tsiàŋ	ㄑ一尢ˇ	tsiòŋ	ㄑㄛㄥˇ	tsiòŋ	ㄑ一ㄛㄥˇ

5. 漳州腔、廈門腔發ɔ韻母，泉州腔發io，一ㆦ韻母

例字	漳州腔		廈門腔		泉州腔	
謀	bɔ	ㆠㆦˊ	bô	ㆠㆦˊ	biô	ㆠ一ㆦˊ
茂、貿	bɔ̄	ㆠㆦー	bɔ̄	ㆠㆦー	biō	ㆠ一ㆦー
侯	hɔ̂	ㄏㆦˊ	hɔ̂	ㄏㆦˊ	hiô	ㄏ一ㆦˊ
后、後	hɔ̄	ㄏㆦー	hɔ̄	ㄏㆦー	hiō	ㄏ一ㆦー
構、購	kɔ̀	ㄍㆦˇ	kɔ̀	ㄍㆦˇ	kiò	ㄍ一ㆦˇ
箍	khɔ	ㄎㆦ	khɔ	ㄎㆦ	khio	ㄎ一ㆦ

6. 漳州腔發uaiñ，ㄥㄨㄞ韻母，廈門腔、泉州腔發uiñ，ㄥㄨㄧ韻母

例字	漳州腔		廈門腔		泉州腔	
橫	huâiñ	ㄏㄥㄨㄞˊ	hûiñ	ㄏㄥㄨ一ˊ	hûiñ	ㄏㄥㄨ一ˊ
關	kuaiñ	ㄍㄥㄨㄞ	kuiñ	ㄍㄥㄨ一	kuiñ	ㄍㄥㄨ一
懸	kuâiñ	ㄍㄥㄨㄞˊ	kûiñ	ㄍㄥㄨ一ˊ	kûiñ	ㄍㄥㄨ一ˊ
縣	kuāiñ	ㄍㄥㄨㄞー	kūiñ	ㄍㄥㄨ一ー	kūiñ	ㄍㄥㄨ一ー

（三）部分對應

1. 漳州腔發i，一韻母，廈門腔發u，ㄨ韻母，泉州腔發ɯ，ㄨㄦ韻母

例字	漳州腔		廈門腔		泉州腔	
淤	i	一	u	ㄨ	ɯ	ㄨ
於、余、餘	î	一ˊ	û	ㄨˊ	ɯ̂	ㄨˊ
與	í	一ˋ	ú	ㄨˋ	ɯ́	ㄨˋ
譽、預	ī	一ー	ū	ㄨー	ɯ̄	ㄨー
薯、藷	chî	ㄐ一ˊ	chû	ㄗㄨˊ	chɯ̂	ㄗㄨˊ
煮	chí	ㄐ一ˋ	chú	ㄗㄨˋ	chɯ́	ㄗㄨˋ
豬	di	ㄉ一	du	ㄉㄨ	dɯ	ㄉㄨ
除、鋤、儲、躇	dî	ㄉ一ˊ	dû	ㄉㄨˊ	dɯ̂	ㄉㄨˊ
箸	dī	ㄉ一ー	dū	ㄉㄨー	dɯ̄	ㄉㄨー
語	gí	ㆣ一ˋ	gú	ㆣㄨˋ	gɯ́	ㆣㄨˋ
御、禦	gī	ㆣ一ー	gū	ㆣㄨー	gɯ̄	ㆣㄨー
虛、墟	hi	ㄏ一	hu	ㄏㄨ	hɯ	ㄏㄨ
魚	hî	ㄏ一ˊ	hû	ㄏㄨˊ	hɯ̂	ㄏㄨˊ

例字	漳州腔		廈門腔		泉州腔	
許	hí	ㄏㄧˋ	hú	ㄏㄨˋ	hɯ́	ㄏɯˋ
居、拘、車	ki	ㄍㄧ	ku	ㄍㄨ	kɯ	ㄍɯ
舉	kí	ㄍㄧˋ	kú	ㄍㄨˋ	kɯ́	ㄍɯˋ
據、鋸	kì	ㄍㄧˇ	kù	ㄍㄨˇ	kù	ㄍɯˇ
具、拒、距	kī	ㄍㄧ—	kū	ㄍㄨ—	kū	ㄍɯ—
去	khì	ㄎㄧˋ	khù	ㄎㄨˋ	khɯ	ㄎɯˋ
驢	lî	ㄌㄧˊ	lû	ㄌㄨˊ	lɯ̂	ㄌɯˊ
女、你、旅	lí	ㄌㄧˋ	lú	ㄌㄨˋ	lɯ́	ㄌɯˋ
呂、慮	lī	ㄌㄧ—	lū	ㄌㄨ—	lū	ㄌɯ—
思	si	ㄙㄧ	su	ㄙㄨ	sɯ	ㄙɯ
署	sí	ㄙㄧˋ	sú	ㄙㄨˋ	sɯ́	ㄙɯˋ
此、處、鼠	tsí	ㄑㄧˋ	tsú	ㄘㄨˋ	tsɯ́	ㄘɯˋ

2.漳州腔發in，ㄧㄣ韻母，廈門腔發un，ㄨㄣ韻母，泉州腔發ɯn，ɯㄣ韻母

例字	漳州腔		廈門腔		泉州腔	
恩、殷	in	ㄧㄣ	un	ㄨㄣ	ɯn	ɯㄣ
允	ín	ㄧㄣˋ	ún	ㄨㄣˋ	ɯ́n	ɯㄣˋ
銀	gîn	ㄍ˙ㄧㄣˊ	gûn	ㄍ˙ㄨㄣˊ	gûn	ㄍ˙ɯㄣˊ
恨	hīn	ㄏㄧㄣ—	hūn	ㄏㄨㄣ—	hūn	ㄏɯㄣ—
巾、斤、均、筋、根、跟	kin	ㄍㄧㄣ	kun	ㄍㄨㄣ	kɯn	ㄍɯㄣ
近	kīn	ㄍㄧㄣ—	kūn	ㄍㄨㄣ—	kūn	ㄍɯㄣ—
芹、勤	khîn	ㄎㄧㄣˊ	khûn	ㄎㄨㄣˊ	khûn	ㄎɯㄣˊ

（四）交叉對應

1.漳州腔發e，ㄝ韻母，廈門腔發ue，ㄨㄝ韻母，泉州腔發ə，ㄜ韻母

例字	漳州腔		廈門腔		泉州腔	
挨	e	ㄝ	ue	ㄨㄝ	ə	ㄜ
鞋	ê	ㄝˊ	uê	ㄨㄝˊ	ə̂	ㄜˊ
矮	é	ㄝˋ	ué	ㄨㄝˋ	ə́	ㄜˋ
買	bé	ㄅ˙ㄝˋ	bué	ㄅ˙ㄨㄝˋ	bə́	ㄅ˙ㄜˋ

例字	漳州腔		廈門腔		泉州腔	
賣	bē	ㆠㄝ—	buē	ㆠㄨㄝ—	bē	ㆠㄜ—
齊	chê	ㄗㄝˊ	chuê	ㄗㄨㄝˊ	chê	ㄗㄜˊ
儕	chē	ㄗㄝ—	chuē	ㄗㄨㄝ—	chē	ㄗㄜ—
底、貯	dé	ㄉㄝˋ	dué	ㄉㄨㄝˋ	dé	ㄉㄜˋ
地	dē	ㄉㄝ—	duē	ㄉㄨㄝ—	dē	ㄉㄜ—
𡒄	dè	ㄉㄝˇ	duè	ㄉㄨㄝˇ	dè	ㄉㄜˇ
雞、街	ke	ㄍㄝ	kue	ㄍㄨㄝ	kə	ㄍㄜ
解	ké	ㄍㄝˋ	kué	ㄍㄨㄝˋ	ké	ㄍㄜˋ
溪	khe	ㄎㄝ	khue	ㄎㄨㄝ	khə	ㄎㄜ
瘸	khê	ㄎㄝˊ	khuê	ㄎㄨㄝˊ	khê	ㄎㄜˊ
詈	lé	ㄌㄝˋ	lué	ㄌㄨㄝˋ	lé	ㄌㄜˋ
批	phe	ㄆㄝ	phue	ㄆㄨㄝ	phə	ㄆㄜ
洗	sé	ㄙㄝˋ	sué	ㄙㄨㄝˋ	sé	ㄙㄜˋ
細	sè	ㄙㄝˇ	suè	ㄙㄨㄝˇ	sè	ㄙㄜˇ
推	te	ㄊㄝ	tue	ㄊㄨㄝ	tə	ㄊㄜ
體	té	ㄊㄝˋ	tué	ㄊㄨㄝˋ	té	ㄊㄜˋ
替、退	tè	ㄊㄝˇ	tuè	ㄊㄨㄝˇ	tè	ㄊㄜˇ
初	tse	ㄘㄝ	tsue	ㄘㄨㄝ	tsə	ㄘㄜ

2.漳州腔發ue，ㄨㄝ韻母，廈門腔發e，ㄝ韻母，泉州腔發ə，ㄜ韻母

例字	漳州腔		廈門腔		泉州腔	
萵、鍋	ue	ㄨㄝ	e	ㄝ	ə	ㄜ
尾	bué	ㆠㄨㄝˋ	bé	ㆠㄝˋ	bə́	ㆠㄜˋ
灰	hue	ㄏㄨㄝ	he	ㄏㄝ	hə	ㄏㄜ
回、和	huê	ㄏㄨㄝˊ	hê	ㄏㄝˊ	hê	ㄏㄜˊ
火	hué	ㄏㄨㄝˋ	hé	ㄏㄝˋ	hə́	ㄏㄜˋ
貨	huè	ㄏㄨㄝˇ	hè	ㄏㄝˇ	hə̀	ㄏㄜˇ
果	kué	ㄍㄨㄝˋ	ké	ㄍㄝˋ	ké	ㄍㄜˋ
過	kuè	ㄍㄨㄝˇ	kè	ㄍㄝˇ	kè	ㄍㄜˇ
飛	pue	ㄅㄨㄝ	pe	ㄅㄝ	pə	ㄅㄜ
陪、賠	puê	ㄅㄨㄝˊ	pê	ㄝˊ	pê	ㄅㄜˊ
倍、背	puē	ㄅㄨㄝ—	pē	ㄅㄝ—	pə̄	ㄅㄜ—

皮	phuê	ㄆㄨㄝˊ	phê	ㄆㄝˊ	phê	ㄆㄜˊ
被	phuē	ㄆㄨㄝ－	phē	ㄆㄝ－	phē	ㄆㄜ－
歲、稅	suè	ㄙㄨㄝˇ	sè	ㄙㄝˇ	sè	ㄙㄜˇ
吹、炊	tsue	ㄘㄨㄝ	tse	ㄘㄝ	tsə	ㄘㄜ
髓	tsué	ㄘㄨㄝˋ	tsé	ㄘㄝˋ	tsə́	ㄘㄜˋ

3.漳州腔發eh，‧ㄝ韻母，廈門腔發ueh，‧ㄨㄝ韻母，泉州腔發
　əh，‧ㄜ韻母

例字	漳州腔		廈門腔		泉州腔	
隘	ēh	ㄝㄏ－	uēh	ㄨㄝㄏ－	ə̄h	ㄜㄏ－
節	chéh	‧ㄗㄝ	chuéh	‧ㄗㄨㄝ	chə́h	‧ㄗㄜ
搭	khéh	‧ㄎㄝ	khuéh	‧ㄎㄨㄝ	khə́h	‧ㄎㄜ
八	péh	‧ㄅㄝ	puéh	‧ㄅㄨㄝ	pə́h	‧ㄅㄜ

4.漳州腔發ueh，‧ㄨㄝ韻母，廈門腔發eh，‧ㄝ韻母，泉州腔發
　əh，‧ㄜ韻母

例字	漳州腔		廈門腔		泉州腔	
必（要）	buéh	‧ㆠㄨㄝ	béh	‧ㆠㄝ	bə́h	‧ㆠㄜ
月	guēh	ㆣㄨㄝㄏ－	gēh	ㆣㄝㄏ－	gə̄h	ㆣㄜㄏ－
郭	kuéh	‧ㄍㄨㄝ	kéh	‧ㄍㄝ	kə́h	‧ㄍㄜ
莢	gnuéh	‧ㆣㄥㄨㄝ	gnéh	‧ㆣㄥㄝ	gnə́h	‧ㆣㄥㄜ
說	suéh	‧ㄙㄨㄝ	séh	‧ㄙㄝ	sə́h	‧ㄙㄜ

二、台語特殊腔調與聲韻

（一）泉州海口腔（中南部海邊）特有韻母

1.人蔘之「蔘」發【sɔm，ㄙㆲㄇ】，漳州、廈門腔發【sim，ㄙㄧㄇ】。

2.森林之「森」發【sɔm，ㄙㆲㄇ】，漳州、廈門腔發【sim，ㄙㄧㄇ】。

3.針線之「針」發【cham，ㄗㄚㄇ】，漳州、廈門腔發【chiam，
　ㄐㄧㄚㄇ】。

4.齊全之「齊」發【châu，ㄗㄠˊ】，漳州、廈門腔發【chiâu，ㄐㄧㄠˊ】。

5.一雙之「雙」發【saŋ，ㄙㄤ】，漳州、廈門腔發【siaŋ，ㄙㄧㄤ】。

6.像款之「像」發【sāŋ，ㄙㄤ－】，漳州、廈門腔發【siāŋ，ㄙㄧㄤ－】。

7.囝兒之「囝」發【káñ，ㄍㄥㄚˋ】，漳州、廈門腔發【kiáñ，ㄍㄥㄧㄚˋ】。

8.媽祖宮之「宮」發【kieŋ，ㄍㄧㄝㄥ】，漳州、廈門腔發【kiɔŋ，ㄍㄧㄛㄥ】。

9.馬公（在澎湖）之「公」發【kiêŋ，ㄍㄧㄝㄥˊ】，漳州、廈門腔發【kɔŋ，ㄍㄛㄥ】。

10.王功（在彰化濱海）之「功」發【kiêŋ，ㄍㄧㄝㄥˊ】，漳州、廈門腔發【kɔŋ，ㄍㄛㄥ】。

（二）泉州海口腔（中南部海邊）特有聲調

1.本調為陰平調轉發陽平調

如：馬公之「公」由【kieŋ，ㄍㄧㄝㄥ】轉發【kiêŋ，ㄍㄧㄝㄥˊ】

2.本調為陽去調轉發陰去調

如：柿也之「柿」由【khī，ㄎㄧ－－】轉發【khì，ㄎㄧˇ】

3.變調時，陰上調變為陽平調（漳州、廈門腔變為陰平調）

如：馬公之「馬」由【má，ㄇㄚˋ】變為【mâ，ㄇㄚˊ】（漳州、廈門腔變為【ma，ㄇㄚ】）

4.變調時，陽平調變為陰去調（漳州、廈門腔變為陽去調）

如：台西之「台」由【dâi，ㄉㄞˊ】變為【dài，ㄉㄞˇ】（漳州、廈門腔變為【dāi，ㄉㄞ－】）

（三）台員（台灣）南部特有腔調

1.本調為陽入調轉發高入調

如：大學之「學」由【hāk，ㄏㄚㄍ－】轉發【hak，ㄏㄚㄍ】

如：結合之「合」由【hāp，ㄏㄚㄅ－】轉發【hap，ㄏㄚㄅ】

如：藝術之「術」由【sūt，ㄙㄨㄊ－】轉發【sut，ㄙㄨㄊ】

2.本調為陽輕調轉發陰上調

如：姓石之「石」由【chiōh，ㄐㄧㄛㄏ－】轉發【chió，ㄐㄧㄛㄟ】

如：喉舌之「舌」由【chīh，ㄐㄧㄏ－】轉發【chí，ㄐㄧㄟ】

如：未合之「合」由【hāh，ㄏㄚㄏ－】轉發【há，ㄏㄚㄟ】

如：幾頁之「頁」由【iāh，一ㄚㄏ－】轉發【iá，一ㄚㄟ】

（四）台南玉井、關廟特有聲母

1.「ts」（ㄘ、ㄑ）聲母轉發「s」（ㄙ）

　如：「菜市」【tsái-tsī，ㄘㄞㄟ　ㄑㄧ－】轉發【sái-sī，ㄙㄞㄟ　ㄙㄧ－】

　如：「工廠」【kāŋ-tsiúñ，ㄍㄤ－　ㄘㄙㄧㄨㄟ】轉發【kāŋ-siúñ，ㄍㄤ－ㄙㄙㄧㄨㄟ】

　如：「倉庫」【tsŋ-khò，ㄘㄙ－　ㄎㄛ∨】轉發【sŋ-khò，ㄙㄙ－ㄎㄛ∨】

　如：「擦消」【tsat-siau，ㄘㄚㄊ　ㄙㄧㄠ】轉發【sat-siau，ㄙㄚㄊ　ㄙㄧㄠ】

　如：「吹風」【tsūe-hoŋ，ㄘㄨㄝ－　ㄏㄛㄥ】轉發【sūe-hoŋ，ㄙㄨㄝ－ㄏㄛㄥ】

笑話一則

　　有一位關廟小姐在夏天帶男朋友林君回關廟老家探親，阿公（台語稱祖父為 ā-kɔŋ，ㄚ－ㄍㄛㄥ）和阿嬤（台語稱祖母為 ā-má，ㄚ－ㄇㄚˋ）看到孫女帶朋友回來，趕緊起身打招呼：「來坐！」接著阿公將電風扇轉向說：「我衰真久也【sūe chīn-kú ā，ㄙㄨㄝ－ㄐㄧㄣ－ㄍㄨˋ ㄚ－】，乎【hɔ̄，ㄏㄛˉ】你衰【sue，ㄙㄨㄝ】！」（原意是我吹很久了，給你吹。）林君聽了覺得很奇怪（心裡想，有夠「衰」，剛進門就被叫「衰」），小姐看到男朋友面露不悅之色，就趕緊打圓場：「不要見怪，本地口音將「吹電風扇」之「吹」【tsue，ㄘㄨㄝ】唸做衰【sue，ㄙㄨㄝ】」阿公補了一句：「茲（chia，ㄐㄧㄚ此地之意）攏（lóŋ，ㄌㄛㄥˋ 都之意）講「衰」。」（此地都講「衰」）林君聽了哭笑不得。

註　台語稱「衰」【sue，ㄙㄨㄝ】，即北京話「倒霉」之意。

第五章、台語變調分「規則變調」及「不規則變調」

「規則變調」及「不規則變調」

台語漢字相連字詞之「聲調」分「本調」、「變調」。台語漢字之單字單獨發出高低不同聲調稱為該字之基本調，簡稱「本調」。「變調」分做：一、「規則變調」（前字變調）；二、「不規則變調」，以規則變調居大多數。

「規則變調」即指兩字以上相連字詞時，前字變調、最後一字維持本調不變。

「不規則變調」又分做：一、「相同三連字變調」；（二）「前後字皆變調」；（三）「後字變調」。

一、規則變調之循環原理解說

台語之基本調有十種，陽上調存在於特殊組合或變調，除去入聲和輕聲調，上古音最原始本調為「陰平」、「陽平」、「陰上」、「陰去」、「陽去」等五種，稱為「五種原始本調」或「五種原聲」。

大約二十年前，台北市中山教會（屬基督教長老教派）利用暑期夜間請一位鄭長老教會友唸讀白話字（即教會羅馬拼音字，簡稱教羅），因教羅一律標記本調發音，初學會友就按本調發音，將「聖經」兩字依教羅標記sèng-keng讀做【sièn-kieŋ，ㄙㄧㄝㄥˇㄍㄧㄝㄥ】和台語「神經」發泉州音【sièn-kien，ㄙㄧㄝㄣˇㄍㄧㄝㄥ】接近，剛讀完就引起一陣笑聲，鄭長老告訴該學員唸台語要懂得變聲調，「聖經」之正確發音為【sién-kieŋ，ㄙㄧㄝㄥˋㄍㄧㄝㄥ】，該會友就問鄭長老：

「聲調要怎樣變？」於是鄭長老就按照教羅傳統方式教「第幾聲要變做第幾聲」，講完後，當場有不少會友發言：「真複雜，聽了霧灑灑【bù-sá-sà，ㄅˋㄨˇ ㄙㄚˋ ㄙㄚˇ一頭霧水】。」（註：時下媒體用「霧煞煞」，音意皆不合，「煞」文讀音陰入調「sát，ㄙㄚㄊˋ」、口語音陰輕調「suáh，˙ㄙㄨㄚ」為結束、停止之意）筆者在當場旁聽感覺似乎有找出某種原則之必要，回家後就不斷思索，於是將「陰平」、「陽平」、「陰上」、「陰去」、「陽去」等五種原聲變調做橫向排列寫在紙上：

「陰平」→「陽去」（教羅稱為第1聲變做第7聲）

「陽平」→「陽去」（教羅稱為第5生變做第7聲）

「陰上」→「陰平」（教羅稱為第2生變做第1聲）

「陰去」→「陰上」（教羅稱為第3生變做第2聲）

「陽去」→「陰去」（教羅稱為第7生變做第3聲）

筆者發現：「陰平」→「陽去」、「陽去」→「陰去」、「陰去」→「陰上」、「陰上」→「陰平」，由「陰平」出發開始變、「變變變」共經過四變、又變回「陰平」，按教羅稱呼排序為「1→7」、「7→3」、「3→2」、「2→1」，當時感覺十分興奮、終於找出循環原則，接著發現「陽平」→「陽去」（5→7）無法和上面一串變調聯起來，自上或下插入，「陽平」就孤懸在外面，似乎不太理想，因此陷入一陣長思，不知時間已晚，內人見筆者在書房內尚未就寢，就探頭說：「十一點多了！」筆者看到時鐘長短針指著「11點15分」，突然靈機一動，將五種原聲寫在小紙片上，「陽平」放在時鐘圓心點上，「陽去」放在3點位置上，「陽去」變「陰去」是下降聲調，所以就將「陰去」放在6點位置上，再將「陰上」放在9點位置上，最後將「陰平」放在12點位置上（符合上升調原則），「哇！」總算大功告成，下圖就是筆者在五聲變調排序後、將發現之規則變調循環原則繪製成鐘錶圓形圖，筆者稱之為「**台語規則變調循環圖**」。

圓形**循環**圖最大特點：簡單明瞭，包括各種腔調之變調，循環圖同順時針方向，方便好記好學，在變調發音教學上為一大突破，目前已被許多台語教師採用。

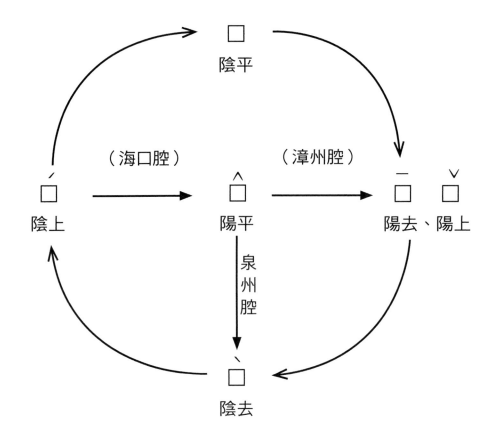

台語規則變調法舉實例說明如下：

　　例中三（3）、二（2）、四（4）、五（5）、零（0）以文讀音發音，【】中↓表示下降聲調，【】中↑表示上升聲調。

1.「陰平調」變做「陽去調」：

「三（3）」本調陰平【sam，ㄙㄚㄇ】，「三二（32）」連讀時「三（3）」由陰平變調為陽去、「二（2）」維持本調不變，「三二（32）」發音為【sām↓-jī，ㄙㄚㄇˉ ㄐˇㄧ一】。

2.「陽去調」變做「陰去調」：

「二（2）」本調陽去【jī，ㄐˇㄧ一】，「二四（24）」連讀時「二（2）」由陽去變調為陰去、「四（4）」維持本調不變，「二四（24）」發音為【jì↓-sù，ㄐˇㄧ一ㄟ ㄙㄨㄟ】。

3.「陰去調」變做「陰上調」：

「四（4）」本調陰去【sù，ㄙㄨㄟ】，「四五（45）」連讀時「四（4）」由陰去變調為陰上、「五（5）」維持本調不變，「四五（45）」發音為【sú↓-gnɔ́，ㄙㄨˋ ㄍˇㄥɔˋ】。

4. 「陰上調」變做「陰平調」：

「五（5）」本調陰上【gnɔ́，ㄍˇㄥɔˋ】，「五三（53）」連讀時「五（5）」由陰上變調為陰平、「三（3）」維持本調不變，「五三（53）」發音為【gnɔ↑-sam，ㄍˇㄥɔㄥㄚㄇ】。

◎海口腔之「陰上調」變做「陽平調」：

「五（5）」本調陰上【gnɔ́，ㄍˇㄥɔˋ】，「五三（53）」連讀時「五（5）」由陰上變調為陽平、「三（3）」維持本調不變，「五三（53）」發音為【gnɔ̂↑-sam，ㄍˇɔㄥˊㄥㄚㄇ】。

5. 漳州腔之「陽平調」變做「陽去調」：

「零（0）」本調陽平【liêŋ，ㄌㄧㄝㄥˊ】，「零二（02）」連讀時「零（0）」由陽平變調為陽去、「二（2）」維持本調不變，「零二（02）」發音為【liēŋ↓-jī，ㄌㄧㄝㄥ－ ㄐˇㄧ－】。

◎泉州腔之「陽平調」變做「陰去調」：

「零（0）」本調陽平【liêŋ，ㄌㄧㄝㄥˊ】，「零四（04）」連讀時「零（0）」由陽平變調為陰去、「四（4）」維持本調不變，「零四（04）」發音為【liēŋ↓-sù，ㄌㄧㄝㄥˇ ㄙㄨˇ】。

6. 「陰入調」變做「高入調」〔註：一七（17）用文讀音發音〕：

「一（1）」本調陰入【ít，ㄧㄊˋ】，「一七（17）」連讀時「一（1）」由陰入變調為高入、「七（7）」維持本調不變，「一七（17）」發音為【it↑-tsít，ㄧㄊ ㄑㄧㄊˋ】。

7. 「陽入調」變做「低入調」〔註：六十（60）用口語音發音〕：

「六（6）」本調陰入【lāk，ㄌㄚㄍㄧ】，「六十（60）」連讀時「六（6）」由陽入變調為低入、「十（10）」維持本調不變，「六十（60）」發音為【làk↓-chāp，ㄌㄚㄍˇ ㄗㄚㄅ－】。

8. 「陰輕調」變做「陰上調」〔註：將輕聲符號h置於（）內，表示輕聲消失〕：

「八（8）」本調陰輕【péh，˙ㄅㄝ】，「八本」連讀時「八（8）」由陰輕變調為陰上、「本」維持本調不變，「八本」發音為【péh-pún，ㄅㄝˋ ㄅㄨㄣˋ】。

9.「陽輕調」變做「低輕調」：

「白」本調陰輕【pēh，ㄅㄝˊㄏ－】，「白白」連讀時前字之「白」由陽輕變調為低輕、後字之「白」維持本調不變，「白白」發音為【pèh↓-pēh，ㄅㄝˊㄏ∨ ㄅㄝˊㄏ－】。

二、不規則變調

可分做：

（一）「相同三連字變調」

（二）「前後字皆變調」

（三）「後字變調」又分做

    1.尾字降調（尾字降為低輕、低入聲調）

    2.受格變調（尾字是人稱代名詞隨前字變調）

    3.尾字「也」字「á，ㄚˋ」音隨前字變調

    4.尾字「兮」字「ê，ㄝˊ」音隨前字變調

    5.尾字「佷」（人）字「lâŋ，ㄌㄤˊ」音隨前字變調

（一）「相同三連字變調」

    用於形容詞同字三連，表示最高級或強調語氣。

1.「燒」本調陰平，「燒燒燒」三連音讀做【siǒ-siō-sio】，表示非常燒（非常熱），第一字變做陽上調、第二字依規則變調降為陽去調、第三字維持陰平調。

2.「油」本調陽平，「油油油」三連音讀做【iǔ-iū-iû】，表示非常油膩，第一字變做陽上調、第二字依規則變調降為陽去調、第三字維持陽平調。

3.「久」本調陰上，「久久久」三連音讀做【ku-ku-kú】，表示非常久，第一字、第二字依規則變調升為陰平調、第三字維持陰上調。

4.「細」本調陰去，「細細細」三連音讀做【sé-sé-sè】，表示非常細，第一字、第二字依規則變調降為陰上調、第三字維持陰去調。

5.「舊」本調陽去，「舊舊舊」三連音讀做【kǔ-kù-kū】，表示非常舊，第一字變做陽上調、第二字依規則變調降為陰去調、第三字維持陽去調。

6.「迫」本調陰入，「迫迫迫」三連音讀做【piek-piek-piék】，表示非常急迫，第一字、第二字依規則變調升為高入調、第三字維持陰入調。

7.「熟」本調陽入，「熟熟熟」三連音讀做【siěk-sièk-siēk】，表示非常熟，第一字變做中入調、第二字依規則變調降為低入調、第三字維持陽入調。

8.「闊」本調陰輕，「闊闊闊」三連音讀做【khuá-khuá-khuáh】，表示非常寬闊，第一字、第二字依規則變調變為陰上調、第三字維持陰輕調。

9.「白」本調陽輕，「白白白」三連音讀做【pěh-pèh-pēh】，表示非常白，第一字變做中輕調、第二字依規則變調降為低輕調、第三字維持陽輕調。

（二）「前後字皆變調」

1.「來lâi，ㄌㄞˊ」本調陽平，做為祈使語氣，變為陰輕【láih，·ㄌㄞ】，其意轉為「走吧！」。台語「做夥來」【chó-hue-láih，ㄗㄛˋ ㄏㄨㄝ ·ㄌㄞ】即北京話「一塊兒走吧！」之意，「做夥來」之「做夥」按規則變調。

2.「起、來」本調分別為陰上【khí，ㄎㄧˋ】、陽平【lâi，ㄌㄞˊ】，「起來」連讀發音為【khíh-làih，·ㄎㄧ ㄌㄞㄏˇ】，「起」變為陰輕【khíh，·ㄎㄧ】、「來」變為低輕【làih，ㄌㄞㄏˇ】。
「徛（站）起來」發音【khiā khíh-làih，ㄎㄧㄚ— ·ㄎㄧ ㄌㄞㄏˇ】。
「飛起來」發音【pue khíh-làih，ㄅㄨㄝ ·ㄎㄧ ㄌㄞㄏˇ】。

3.「一、下」本調分別為陽入【chīt，ㄐㄧㄊ—】、陽去【ē，ㄝ—】，「一下」連讀發音為【chìt-èh，ㄐㄧㄊˇ ㄝㄏˇ】，「一」變為低入【chìt，ㄐㄧㄊˇ】、「下」變為低輕【èh，ㄝㄏˇ】。
「坐一下」發音【chē chìt-èh，ㄗㄝ— ㄐㄧㄊˇ ㄝㄏˇ】。
「倒（躺）一下」發音【dó chìt-èh，ㄉㄛˋ ㄐㄧㄊˇ ㄝㄏˇ】。

4.字詞做為假設語氣，如「假使賣十包」，「十包」分別由本調陽入
　【chāp，ㄗㄚㄅ－】、陰平【pau，ㄅㄠ】變為低入、低輕，「十包」
　連音發做【chàp-pàuh，ㄗㄚㄅㄟ ㄅㄠㄏㄟ】。
　「捐三萬」，「三萬」分別由本調陰平【sañ，ㄙㄥㄚ】、陽去【bān，
　ㄅˇㄢ－】皆變為低輕，「三萬」連音發做【sành-bành，ㄙㄥㄚㄏㄟ
　ㄅˇㄢㄟ】。

5.字詞做為表達意願，如「買六本」，「六本」分別由本調陽入【lāk，
　ㄌㄚㄍ－】、陰上【pún，ㄅㄨㄣㄟ】變為低入、低輕，「六本」連
　音發做【làk-pùnh，ㄌㄚㄍㄟ ㄅㄨㄣㄏㄟ】。

（三）「後字變調」

1.尾字降調：字詞之尾字降為低輕、低入聲調，而前字維持本調不變。

（1）尾字是「裏」由陰上【lí，ㄌㄧㄟ】降為低輕【lìh，ㄌㄧㄏㄟ】，
　　前字維持本調不變。

　　海裏【hái-lìh，ㄏㄞㄟ ㄌㄧㄏㄟ】，

　　江裏【kaŋ-lìh，ㄍㄤ ㄌㄧㄏㄟ】，

　　河裏【hô-lìh，ㄏㄛˊ ㄌㄧㄏㄟ】，

　　溪裏【khe-lìh，ㄎㄝ ㄌㄧㄏㄟ】，

　　山裏【suañ-lìh，ㄙㄥㄨㄚ ㄌㄧㄏㄟ】，

　　港裏【káŋ-lìh，ㄍㄤㄟ ㄌㄧㄏㄟ】，

　　田裏【tsân-lìh，ㄘㄢˊ ㄌㄧㄏㄟ】，

　　園裏【h∧ŋ-lìh，ㄏㄥˊ ㄌㄧㄏㄟ】，

　　村裏【tsun-lìh，ㄘㄨㄣ ㄌㄧㄏㄟ】，

　　莊裏【chŋ-lìh，ㄗㄥ ㄌㄧㄏㄟ】，

　　店裏【diàm-lìh，ㄉㄧㄚㄇˇ ㄌㄧㄏㄟ】，

　　車裏【tsia-lìh，ㄑㄧㄚ ㄌㄧㄏㄟ】。

（2）尾字是「家」由陰平【ka，ㄍㄚ】降為低輕【kàh，ㄍㄚㄏㄟ】，
　　前字是「姓」維持本調不變。

陳家【dân-kàh，ㄅㄢˊ ㄍㄚㄏˇ】，

林家【lîm-kàh，ㄌㄧㄇˊ ㄍㄚㄏˇ】，

李家【lí-kàh，ㄌㄧˋ ㄍㄚㄏˇ】，

蔡家【tsuà-kàh，ㄘㄨㄚˇ ㄍㄚㄏˇ】，

朱家【chu-kàh，ㄗㄨ ㄍㄚㄏˇ】，

周家【chiu-kàh，ㄐㄧㄨ ㄍㄚㄏˇ】，

孫家【sun-kàh，ㄙㄨㄣ ㄍㄚㄏˇ】，

羅家【lô-kàh，ㄌㄛˊ ㄍㄚㄏˇ】，

游家【iû-kàh，ㄧㄨˊ ㄍㄚㄏˇ】，

簡家【kàn-kàh，ㄍㄢˋ ㄍㄚㄏˇ】。

（3）尾字是「氏」由陽去【sī，ㄙㄧ一】降為低輕【sìh，ㄙㄧㄏˇ】，前字是「姓」維持本調不變。

江氏【kaŋ-sìh，ㄍㄤ ㄙㄧㄏˇ】，

蕭氏【siau-sìh，ㄙㄧㄠ ㄙㄧㄏˇ】，

何氏【hô-sìh，ㄏㄛˊ ㄙㄧㄏˇ】，

紀氏【kí-sìh，ㄍㄧˋ ㄙㄧㄏˇ】，

戴氏【dè-sìh，ㄅㄝˇ ㄙㄧㄏˇ】，

謝氏【siā-sìh，ㄙㄧㄚ一 ㄙㄧㄏˇ】，

狄氏【diēk-sìh，ㄅㄧㄝㄍㄧ一 ㄙㄧㄏˇ】，

岳氏【gāk-sìh，ㄍˇㄚㄍㄧ一 ㄙㄧㄏˇ】。

（4）尾字是「先」由陰平【sien，ㄙㄧㄝㄣ】降為低輕【sìenh，ㄙㄧㄝㄣㄏˇ】，前字是「姓」維持本調不變，「先」做為「先生」簡稱。

金先【kim-sìenh，ㄍㄧㄇ ㄙㄧㄝㄣㄏˇ】，

徐先【tsî-sìenh，ㄑㄧˊ ㄙㄧㄝㄣㄏˇ】，

許先【khɔ́-sìenh，ㄎㄛˋ ㄙㄧㄝㄣㄏˇ】，

邵先【siō-sìenh，ㄙㄧㄛ一 ㄙㄧㄝㄣㄏˇ】。

（5）尾字是「生」由陰平【señ，ㄙㄥㄝ】降為低輕【sèñh，ㄙㄥㄝㄏˇ】，前字是「姓」維持本調不變，「生」做為「先生」簡稱。

關生【kuan-sèñh,《ㄨㄢ ㄙㄥㄝㄏㄥ】，
劉生【lâu-sèñh,ㄌㄠˊ ㄙㄥㄝㄏㄥ】，
趙生【diō-sèñh,ㄅㄧㄛ－ ㄙㄥㄝㄏㄥ】，
倪生【gê-sèñh,《˙ㄝˊ ㄙㄥㄝㄏㄥ】。

（6）尾字是「月」由陽輕【guēh,《˙ㄨㄝㄏ－】降為低輕【guèh,
《˙ㄨㄝㄏㄥ】前字是第幾月之數詞維持本調不變。

一月【ít-guèh,ㄧㄊㄟ 《˙ㄨㄝㄏㄥ】，
二月【jī-guèh,ㄐ˙ㄧ－ 《˙ㄨㄝㄏㄥ】，
三月【sañ-guèh,ㄙㄥㄚ 《˙ㄨㄝㄏㄥ】，
四月【sì-guèh,ㄙㄧㄟ 《˙ㄨㄝㄏㄥ】，
五月【gō-guèh,《˙ㄛ－ 《˙ㄨㄝㄏㄥ】，
六月【lāk-guèh,ㄌㄚ《－ 《˙ㄨㄝㄏㄥ】，
七月【tsít-guèh,ㄑㄧㄊㄟ 《˙ㄨㄝㄏㄥ】，
八月【péh-guèh,˙ㄅㄝ 《˙ㄨㄝㄏㄥ】，
九月【káu-guèh,《ㄠㄟ 《˙ㄨㄝㄏㄥ】，
十月【chāp-guèh,ㄗㄚㄅ－ 《˙ㄨㄝㄏㄥ】。

（7）尾字是「來」由陽平【lâi,ㄌㄞˊ】降為低輕【làih,ㄌㄞㄏㄥ】，
「出來」本調分別為陰入【tsút,ㄑㄨㄊㄟ】、陽平【lâi,ㄌㄞˊ】，
「出來」連讀發音為【tsút-làih,ㄑㄨㄊㄟ ㄌㄞㄏㄥ】，「出」維
持陰入本調、「來」降為低輕【làih,ㄌㄞㄏㄥ】。

行（走）出來【kiâñ tsút-làih,《ㄥㄧㄚˊ ㄑㄨㄊㄟ ㄌㄞㄏㄥ】，
走（跑）出來【cháu tsút-làih,ㄗㄠㄟ ㄑㄨㄊㄟ ㄌㄞㄏㄥ】，
過來【kùe-làih,《ㄨㄝㄥ ㄌㄞㄏㄥ】，
倒（回）來【dò-làih,ㄅㄛㄥ ㄌㄞㄏㄥ】，
落（下）來【lōh-làih,ㄌㄛㄏ－ ㄌㄞㄏㄥ】。

註　「王家」之「家」按尾字變調【ôŋ-kàh,ㄛㄥˊ 《ㄚㄏㄥ】表示王姓家族；「王家」之「王」按前字變調（規則變調）【ôŋ-ka,ㄛㄥ－《ㄚ】表示王室之意。

（8）字詞之尾字變為低輕、低入時，其意不同於該字詞以規則變調發音之意。

規則變調→尾字變為低輕、低入

水裡【chui-lí，ㄗㄨㄧ－ㄉㄧㄟ】（在南投縣）

→水裏【chúi-lìh，ㄗㄨㄧㄟ ㄉㄧㄏㄟ】（水中）

商家【siōŋ-ka，ㄙㄧㄛㄥ－ㄍㄚ】（商店）

→商家【sioŋ-kàh，ㄙㄧㄛㄥ ㄍㄚㄏㄟ】（商姓家族）

無去【bō-khì，ㄅˇㄛ－ㄎㄧㄟ】（沒去）

→無去【bô-khìh，ㄅˇㄛ／ㄎㄧㄏㄟ】（不見）

過去【kúe-khì，ㄍㄨㄝㄟ ㄎㄧㄟ】（以往）

→過去【kùe-khìh，ㄍㄨㄝㄟ ㄎㄧㄏㄟ】（過了）

過去ㄜ（的）日子→日子過去也（了）

後日【àu-jīt，ㄠㄟ ㄐˇㄧㄤ－】（日後）

→後日【āu-jìt，ㄠ－ ㄐˇㄧㄤㄟ】（後天）

日時【jìt-sî，ㄐˇㄧㄤㄟ ㄙㄧ／】（時日）

→日時【jīt-sìh，ㄐˇㄧㄤ－ ㄙㄧㄏㄟ】（白天）

做俍【chó-lâŋ，ㄗㄛㄟ ㄉㄤ／】（做人）

→做俍【chò-làŋh，ㄗㄛㄟ ㄉㄤㄏㄟ】（許配別人）

嚼俍【chiàh-lâŋ，ㄐㄧㄚㄏㄟ ㄉㄤ／】（吃人）

→嚼俍【chiāh-làŋh，ㄐㄧㄚㄏ－ ㄉㄤㄏㄟ】（欺人）

兢死【kiāñ-sí，ㄍㄥㄧㄚ－ ㄙㄧㄟ】（怕死）

→驚死【kiañ-sìh，ㄍㄥㄧㄚ ㄙㄧㄏㄟ】（嚇死）

2.受格變調：尾字是人稱代名詞做為受格時隨前字變調，但前字維持本調。

「扛我」【kŋ-gua，ㄎㄥ ㄍˇㄨㄚ】，「扛」本調陰平，「我」本調陰上變做陰平。

「還你」【hiêŋ-lī，ㄏㄧㄝㄥ／ ㄉㄧ－】，「還」本調陽平，「你」本調陰上變做陽去。

「請伊（他）」【tsiáñ-ì，ㄑㄥㄧㄚˋ ㄧˇ】，「請」本調陰上，「伊」本調陰平變做陰去。

「救我」【kiù-guà，ㄍㄧㄨˇ ㄍ゙ㄨㄚˇ】，「救」本調陰去，「我」本調陰上變做陰去。

「與（給）你」【hɔ̄- lī，ㄏㄛㄧ ㄌㄧㄧ】，「與」本調陽去，「你」本調陰上變做陽去。

「逼你」【piék-lì，ㄅㄧㄝㄍˋ ㄌㄧˇ】，「逼」本調陰入，「你」本調陰上變做陰去。

「縛（綁）伊」【pāk-ī，ㄅㄚㄍㄧ ㄧ】，「縛」本調陽入，「伊」本調陰平變做陽去。

「拍我」【pháh-guà，·ㄆㄚ ㄍ゙ㄨㄚˇ】，「拍」本調陰輕，「我」本調陰上變做陰去。

「合你」【hāh-lī，ㄏㄚㄏㄧ ㄌㄧㄧ】，「合」本調陽輕，「你」本調陰上變做陽去。

3.尾字「也」字「á，ㄚˋ」音隨前字變調，但前字維持本調。

（1）前字陰平，「也」變做陰平【a，ㄚ】

開也【khui-a，ㄍㄨㄧㄚ】（開了），

邊也【piñ-a，ㄅㄥㄧㄚ】（邊兒）

（2）前字陽平，「也」變做陽去【ā，ㄚㄧ】

回也【hûe-ā，ㄏㄨㄝˊㄚㄧ】（回了），

涼也【liâŋ-ā，ㄌㄧㄤˊㄚㄧ】（涼了）

（3）前字陰上，「也」變做陰去【à，ㄚˇ】

走也【cháu-à，ㄗㄠˋ ㄚˇ】（跑了），

飽也【pá-à，ㄅㄚˋ ㄚˇ】（飽了）

（4）前字陰去，「也」變做陰去【à，ㄚˇ】

去也【khì-à，ㄎㄧˇ ㄚˇ】（去了），

暗也【àm-à，ㄚㄇˇ ㄚˇ】（暗了）

（5）前字陽去，「也」變做陽去【ā,ㄚ－】

舊也【kū-ā,ㄎㄨ－ㄚ－】（舊了），

近也【kīn-ā,ㄍㄧㄣ－ㄚ－】（近了）

（6）前字陰入，「也」變做陰去【à,ㄚ∨】

吸也【khíp-à,ㄎㄧㄅㄟ ㄚ∨】（吸了），

結也【kiét-à,ㄍㄧㄝㄊㄟ ㄚ∨】（結了）

（7）前字陽入，「也」變做陽去【ā,ㄚ－】

熟也【sēk-ā,ㄙㄧㄝㄍㄧ ㄚ－】（熟了），

入也【jīp-ā,ㄐㆪㄧㄅㄧ ㄚ－】（入了）

（8）前字陰輕，「也」變做陰去【à,ㄚˇ】

搭也【dáh-à,˙ㄅㄚ ㄚ∨】（貼了），

拆也【tiáh-à,˙ㄊㄧㄚ ㄚ∨】（拆了）

（9）前字陽輕，「也」變做陽去【ā,ㄚ－】

落也【lōh-ā,ㄌㄛㄏ－ㄚ－】（落了），

著也【diōh-ā,ㄅㄧㄛㄏ－ㄚ－】（中了）

4.尾字「兮」字「ê,ㄝˊ」音隨前字變調，但前字維持本調。

（1）前字陰平，「兮」變做陰平【e,ㄝ】

施兮【si-e,ㄙㄧㄝ】（姓施的），

新兮【sin-e,ㄙㄧㄣㄝ】（新的）

（2）前字陽平，「兮」變做陽去【ē,ㄝ－】

何兮【hô-ē,ㄏㄛˊㄝ－】（姓何的），

藍兮【nâ-ē,ㄋㄚˊㄝ－】（藍的）

（3）前字陰上，「兮」變做陰去【è,ㄝˇ】

簡兮【kán-è,ㄍㄢㄟ ㄝ∨】（姓簡的），

煮兮【chí-è,ㄐㄧㄟ ㄝ∨】（煮的）

（4）前字陰去，「兮」變做陰去【è,ㄝ∨】

晉兮【chìn-è,ㄐㄧㄣ∨ㄝ∨】（姓晉的），

副兮【hù-è,ㄏㄨ∨ㄝ∨】（副的）

（5）前字陽去，「兮」變做陽去【ē，ㄝ－】

　　謝兮【siā-ē，ㄙㄧㄚ－　ㄝ－】（姓謝的），

　　舊兮【kū-ē，ㄍㄨ－　ㄝ－】（舊的）

（6）前字陰入，「兮」變做陰去【è，ㄝ∨】

　　葛兮【kát-è，ㄍㄚㄊˋ　ㄝ∨】（姓葛的），

　　濕兮【síp-è，ㄙㄧㄅˋ　ㄝ∨】（濕的）

（7）前字陽入，「兮」變做陽去【ē，ㄝ－】

　　岳兮【gāk-ē，ㄍˇㄚㄍ－　ㄝ－】（姓岳的），

　　實兮【sīt-ē，ㄙㄧㄊ－　ㄝ－】（實的）

（8）前字陰輕，「兮」變做【è，ㄝ∨】

　　薛兮【síh-è，‧ㄙㄧ　ㄝ∨】（姓薛的），

　　甲兮【káh-è，‧ㄍㄚ　ㄝ∨】（甲的）

（9）前字陽輕，「兮」變做陽去【ē，ㄝ－】

　　石兮【chiōh-ē，ㄐㄧㄛㄏ－　ㄝ－】（姓石的），

　　白兮【pēh-ē，ㄅㄝㄏ－　ㄝ－】（白的）

5.尾字「俍」（人）字「lâŋ，ㄌㄤˊ」音隨前字變調，但前字維持本調。

（1）前字陰平，「俍」變做陰平【laŋ，ㄌㄤ】

　　租俍【chɔ-laŋ，ㄗɔ　ㄌㄤ】（租給人家），

　　央俍【iɔŋ-laŋ，ㄧɔㄥ　ㄌㄤ】（央托人家）。

（2）前字陽平，「俍」變做陽去【lāŋ，ㄌㄤ－】

　　還俍【hiêŋ-lāŋ，ㄏㄧㄝㄥˊ　ㄌㄤ－】（還人家），

　　回俍【hûe-lāŋ，ㄏㄨㄝˊ　ㄌㄤ－】（回人家）。

（3）前字陰上，「俍」變做陰去【làŋ，ㄌㄤ∨】

　　哄俍【háŋ-làŋ，ㄏㄤˋ　ㄌㄤ∨】（嚇唬人家），

　　管俍【kuán-làŋ，ㄍㄨㄢˋ　ㄌㄤ∨】（管人家）。

（4）前字陰去，「倲」變做陰去【làŋ，ㄌㄤ∨】

送倲【sàn-làŋ，ㄙㄤ∨ ㄌㄤ∨】（送給人家），

笑倲【tsiò-làŋ，ㄑㄧㄛ∨ ㄌㄤ∨】（笑人家）。

（5）前字陽去，「倲」變做陽去【lāŋ，ㄌㄤ－】

賣倲【bē-lāŋ，ㄅˋㄝ－ ㄌㄤ－】（賣給人家），

問倲【m̄ŋ-lāŋ，ㄇㄥ－ ㄌㄤ－】（問人家）。

（6）前字陰入、陰輕，「倲」變做陰去【làŋ，ㄌㄤ∨】

逼倲【piék-làŋ，ㄅㄧㄝㄍˋ ㄌㄤ∨】（逼人家），

扑倲【pháh-làŋ，˙ㄆㄚ ㄌㄤ∨】（打人家）。

（7）前字陽入、陽輕，「倲」變做陽去【lāŋ，ㄌㄤ－】

轄倲【hāt-lāŋ，ㄏㄚㄊ－ ㄌㄤ－】（限制人家），

學倲【ōh-lāŋ，ㄛㄏ－ ㄌㄤ－】（學人家）。

歸納2.3.4.5.類尾字變調，可以得到三項通則：

1.前字是陰平調，尾字變做陰平調。

2.前字是陰上、陰去、陰入、陰輕調，尾字變做陰去調。

3.尾字是陽去、陽入、陽輕調，尾字變做陽去調。

三、台語變調是為何？

（一）符合韻律協和音

　　筆者從事台語教學多年，每當教到變調時，不少學員都認為有夠複雜，有一位來台灣研究之日本學者曾對筆者表示：「就變調而論，台語是世界上最難學之一種語言。」為何台灣人變得如此平常自然，此乃應驗了語言學家之一句名言：「母語是最簡單又最容易學。」為何台語需要變得如此複雜，答案就在台語本質是一種符合現代樂理所稱之自然韻律（rhythm），基本調有九種再衍生出六種（在口語中將陽上調視為衍生種），調值多、當然變化更多，其目的就是符合現代和聲學所稱之「追求韻律協和」，學過樂理者皆知作曲或演奏曲調必須音調協和、方能悅耳，否則出現前後音調不協和怪聲，即一般人所直覺感受之「刺

耳難聽」。而台語變調如此複雜，就是追求「音調協和」之「悅耳雅音」，即一般人所直覺感受之「順耳好聽」，套句俗語：「台語不愧是說的比唱的好聽。」

◆「美麗」本調在台語發音「bí，ㆠㄧˋ」、「lē，ㄌㆤ一」連音變調為（前字由陰上變陰平）【bi-lē，ㆠㄧ ㄌㆤ一】，和西洋樂譜音階之「mi re－」相似。

◆「禮數」本調在台語發音「lé，ㄌㆤˋ」、「sò，ㄙㆦˋ」連音變調為（前字由陰上變陰平）【le-sò，ㄌㆤ ㄙㆦˋ】，和西洋樂譜音階之「re so－」相似。

◆「都市」本調在台語發音「dɔ，ㄉㆦ」、「tsī，ㄑ一一」連音變調為（前字由陰平變陽去）【dɔ̄-tsī，ㄉㆦ一 ㄑ一一】，和西洋樂譜音階之「do－si－」相似。

◆「法度」本調在台語發音「huát，ㄏㄨㄚㄊˋ」、「dō，ㄉㆦ一」連音變調為（前字由陰入變高入）【huat-dō，ㄏㄨㄚㄊ ㄉㆦ一】，和西洋樂譜音階之「fa do－」相似。

◆「無所謂」本調在台語發音「bû，ㆠㄨˊ」、「só，ㄙㆦˋ」、「ūi，ㄨㄧ一」連音變調為（第一、二字由陽平變陽去、陰上變陰平）【bū-sɔ-ūi，ㆠㄨ一 ㄙㆦ ㄨㄧ一】，和西洋樂譜音階之「mi－ so mi－」相似。

◆李白所作名詩「早發白帝城」之最後一句和西洋樂譜（最下方）音階完全相符。

輕	舟	已	過	萬	重	山
ㄎㄧㆤㄥ一	ㄐㄧㄨ	一	ㄍㆦˇ	ㆠㄢˇ	ㄉㄧㆦㄥ一	ㄙㄢ
khiēŋ	chiu	i	kò	bàn	diɔ̄ŋ	san
re	so	so	do˙	do˙	re	mi

◆筆者讀小學時參加合唱團，每逢畢業典禮前幾天就要練唱「青青校樹」畢業歌，其中一w句「晨昏歡笑，奈何離別今朝」，照說唱起來應該是「離情傷感、不勝唏噓」。當典禮結束時，畢業生當中女生彼此情同姊妹者都會哭成一團，而一般男生則感覺從此以後「自由

了」不必被老師管（當年可以體罰，好動者每天大概都會得到老師特別關照），甚至嘻嘻哈哈地將「晨昏歡笑，奈何離別今朝」改用台語唱出：

從	今	以	後，	您
ㄐㄧㆤㄥ˙	ㄍㄧㄇ	ㄧ	ㄠˉ，	ㄌㄧㄣ
chiōŋ	kim	i	āu，	lin
爸[1]	攏[2]	免	乎俍[3]（連音）	唸[4]
ㄅㆤˉ	ㄌㆲ	ㆣˉㄧㆤㄣ	ㄏㆲˇ	ㄌㄧㄚㄇˉ
pē	lɔŋ	bien	hòŋ	liām

讀者若有興趣將改編詞句和「青青校樹」原歌譜比對唱一唱，就可體會台語變調自然成為韻律之奧妙（和西洋音階不折不扣完全一致）。

晨	昏	歡	笑，	奈	何	離	別	今	朝
so	la	la	so	mi	re	la	so	si丶	do

（二）台語為表示不同詞意、語氣而產生變調

以「行」為例：「行」【kiâñ，ㄍㄥㄧㄚˊ】本調陽平，「行行兮」【kiâñ-kiâñ éh，ㄍㄥㄧㄚ－ㄍㄥㄧㄚˊ˙ㆤ】（前字由陽平變為陽去）即北京話「走一走」之意。

「開」字為最佳之例

1.「門是開兮」之「開兮」【khui-e，ㄎㄨㄧ ㆤ】

「開」發「陰平」本調當做形容詞，即北京話「開的」之意。

2.「開門」【khūi-mŋ̂，ㄎㄨㄧ－ㄇㄥˊ】

「開」由「陰平」變為「陽去」當做動詞。

（註）
1.「您爸」是模仿大人自稱口吻即北京話口語之「您老子」。
2.「攏」即北京話口語之「都」。
3.「乎俍（人）」【hò-lâŋ，ㄏㆦ ㄌㄤˊ】連音讀做，陽上調【ㄏㆲ∧，hǒŋ】變調為陰去調【ㄏㆲˇ，hòŋ】。「乎俍（人）」即北京話口語之「被人家」，「被人家」就是「被老師」。
4.「唸」即北京話口語之「嘮叨」，也有唱做「罵」【ㄇㄚㄧ，mā】。

3. 「門開開」【mn̂g khūi-khui , ㄇㄥ ╱ ㄎㄨㄧ── ㄎㄨㄧ】

前字之「開」由「陰平」變為「陽去」當做形容詞，即北京話「門是開開的」之意。

4. 「門開開」【mn̂g khui-khùi , ㄇㄥ ╱ ㄎㄨㄧ ㄎㄨㄧ ∨】

後字之「開」由「陰平」變為「陰去」當做命令語氣之動詞，即北京話「門打開啊！」之意。

5. 「門開開開」【mn̂g khǔi-khūi-khui , ㄇㄥ ╱ ㄎㄨㄧ ∧ ㄎㄨㄧ── ㄎㄨㄧ】

第一字之「開」由「陰平」變為「陽上」、第二字之「開」由「陰平」變為「陽去」當做強調語氣形容詞，即北京話「門開到全開」之意。

6. 「門開開開」【mn̂g khūi-khui-khùi , ㄇㄥ ╱ ㄎㄨㄧ── ㄎㄨㄧ ㄎㄨㄧ ∨】

第一字之「開」由「陰平」變為「陽去」、第二字之「開」維持本調、第三字之「開」由「陰平」變為「陰去」當做命令又是強調語氣動詞，即北京話「門趕緊全開」之意。

將上述變調排列於下，讀者一目瞭然更可體會詞意、語氣變調之奧妙。

	開	開開	開開開
形容詞	khui	khūi-khui	khǔi-khūi-khui
	ㄎㄨㄧ	ㄎㄨㄧ── ㄎㄨㄧ	ㄎㄨㄧ ∧ ㄎㄨㄧ── ㄎㄨㄧ
	開	開開	開開開
動詞	khui	khui-khùi	khūi-khui-khù
	ㄎㄨㄧ	ㄎㄨㄧ ㄎㄨㄧ ∨	ㄎㄨㄧ── ㄎㄨㄧ ㄎㄨㄧ ∨

　　英語是印歐（印度至歐洲）語系中文法最簡單之一種，德文、法文詞性變化多，文法相對複雜。世界上除漢語系外，其他各種語言皆屬連接多音節拼音組成，如果文字使用拼音系統，詞性變化就自然產生不同拼音字，以古代英語為例第二人稱單數主格為「thou」受格為「thee」所有格為「thy」所有代名詞為「thine」，彼此差異較大，近代英語演變成主格和受格為「you」所有格為「your」所有代名詞為「yours」，呈現出差異較少、簡化趨勢。而台語為正宗漢語嫡傳，以音調變化來因應詞意、語氣之轉換，但不必另外造字，所以筆者稱之為「音調變化之簡單音法」有別於拼音字所衍生之「複雜文法」（義大利文之定冠詞

〔the definite article〕配合介系詞〔preposition〕變化就多達70種）。筆者曾經認識一位美國籍神父漢文名「王澤民」（音樂家、語言專家，說得一口流利台語），和他討論過學習台語之心得，王神父認為「天主（上帝）賞賜台灣人最大福分就是以單音節發音配合聲調變化發展出最容易學之語言系統」，他指出漢字構造較複雜在短期間不容易學會，但以他自己為例只用半年時間就學會用台語交談，他也承認英語語法比台語語法複雜，所以台灣人要在半年內學會用英語交談是比較困難。

四、北京話仍保有少許變調

其實北京話仍保有一些古漢語變調痕跡，只是北京話基本調只有五種（包括輕聲），字詞變調種類少，音域較窄，自然無法出現如台語音域廣闊所產生「氣勢宏偉」之各種變調規則，茲舉例說明如下：

1.「一」本調為第一聲，當組成字詞時、居於後字不論前字第幾聲都發第一聲：「單一」、「獨一」、「逐一」、「統一」、「不一」。

當組成字詞時居於前字者、配合後字聲調而變：

後字第四聲、「一」變為第二聲【一ˊ】：「一個」、「一次」、「一棟」、「一遍」。

後字第二聲、「一」變為第四聲【一ˋ】：「一時」、「一直」、「一流」、「一行」。

「一心一意」之「一心」發第四聲【一ˋ】、「一意」變為第二聲【一ˊ】。

2.「不」本調為第四聲，後字屬第一、二、三聲。

「不知」、「不深」、「不實」、「不行」、「不准」、「不冷」依本調發第四聲。

後字第四聲、「不」變為第二聲【ㄅㄨˊ】：「不會」、「不要」、「不順」、「不惑」、「不熱」。

3.**兩個第三聲所組成字詞，前字要變為第二聲，後字維持第三聲。**
　　（和台語規則變調相似：「前字要變調、後字維持不變調。」）

「水手」如皆發第三聲就如同四川話，在北京話「水」變為【ㄕㄨㄟˊ】。

「水管」連讀時在北京話「水」變為第二聲【ㄕㄨㄟˊ】。

「導管」連讀時在北京話「導」變為第二聲【ㄉㄠˊ】。

「管理」連讀時在北京話「管」變為第二聲【ㄍㄨㄢˊ】。

「理想」連讀時在北京話「理」變為第二聲【ㄌㄧˊ】。

「整本」連讀時在北京話「整」變為第二聲【ㄓㄥˊ】。

「本領」連讀時在北京話「本」變為第二聲【ㄅㄣˊ】。

┃第六章、台語變韻

一、兩字連音速讀，前字之韻母和後字之【a，ㄚ】韻相連音，【a，ㄚ】韻和前字韻母結合成為雙母音、或是和前字韻母之尾音結合成為【a，ㄚ】韻之新增聲母。

（一）【a，ㄚ】韻和前字韻母結合成為雙母音

1.前字韻母是「i，ai」，後字是「á，ㄚㄟ」，連音速讀變韻為「iá，ㄧㄚㄟ」。

椅也（椅子）【i-á，ㄧ ㄚㄟ】，連音速讀變韻為【i-iá，ㄧㄧㄚㄟ】。

鋸也（鋸子）【ki-á，ㄍㄧ ㄚㄟ】，連音速讀變韻為【ki-iá，ㄍㄧㄧㄚㄟ】。

梨也（梨子）【lāi-á，ㄌㄞ ㄚㄟ】，連音速讀變韻為【lāi-iá，ㄌㄞ ㄧㄚㄟ】。

牌也（牌子）【pāi-á，ㄅㄞ ㄚㄟ】，連音速讀變韻為【pāi-iá，ㄅㄞ ㄧㄚㄟ】。

2.前字韻母是「u，iu，au；ㄨ，ㄧㄨ，ㄠ」，後字是「á，ㄚㄟ」，連音速讀變韻為「uá，ㄨㄚㄟ」。

匏也（匏瓜）【pū-á，ㄅㄨ ㄚㄟ】，連音速讀變韻為【pū-uá，ㄅㄨ ㄨㄚㄟ】。

橱也（橱子）【dū-á，ㄅㄨ－ㄚˋ】，連音速讀變韻為【dū-uá，ㄅㄨ－ㄨㄚˋ】。

柚也（柚子）【iū-á，一ㄨ－ㄚˋ】，連音速讀變韻為【iū-uá，一ㄨ－ㄨㄚˋ】。

粙也（稻子）【diū-á，ㄅ一ㄨ－ㄚˋ】，連音速讀變韻為【diū-uá，ㄅ一ㄨ－ㄨㄚˋ】。

甌也（杯子）【aū-á，ㄠ－ㄚˋ】，連音速讀變韻為【aū-uá，ㄠ－ㄨㄚˋ】。

鉤也（鉤子）【kaū-á，ㄍㄠ－ㄚˋ】，連音速讀變韻為【kaū-uá，ㄍㄠ－ㄨㄚˋ】。

（二）【a，ㄚ】韻和前字韻母之尾音結合成為【a，ㄚ】韻之新增聲母

1.前字韻母之尾音是「m，ㄇ」，後字是「á，ㄚˋ」，連音速讀變韻為「má，ㄇㄚˋ」。

柑也（橘子）【kām-á，ㄍㄚㄇ－ㄚˋ】，連音速讀變韻為【kām-má，ㄎㄚㄇ－ㄇㄚˋ】。

金也（金子）【kīm-á，ㄍ一ㄇ－ㄚˋ】，連音速讀變韻為【kīm-má，ㄎ一ㄇ－ㄇㄚˋ】。

2.前字韻母之尾音是「n，ㄋ」，後字是「á，ㄚˋ」，連音速讀變韻為「ná，ㄋㄚˋ」。

印也（印章）【in-á，一ㄣ ㄚˋ】，連音速讀變韻為【in-ná，一ㄣ ㄋㄚˋ】。

明也日（明日）【bīn-a-jīt，ㄍˇ一ㄣ－ ㄚ ㄐˇ一ㄊ－】，連音速讀變韻為【bīn-na-jīt，ㄍˇ一ㄣ－ ㄋㄚ ㄐˇ一ㄊ－】。

明也哉（明日）【bīn-a-chài，ㄍˇ一ㄣ－ ㄚ ㄗㄞˇ】，連音速讀變韻為【bīn-na-chài，ㄍˇ一ㄣ－ ㄋㄚ ㄗㄞˇ】。

3.前字韻母之尾音是「ŋ，ㄥ」，後字是「á，ㄚˋ」，連音速讀變韻為「gná，ㄍˇㄥㄚˋ」。

巷也（巷子）【hāŋ-á，ㄏㄤㄧㄚˋ】，連音速讀變韻為【hāŋ-gná，ㄏㄤㄧㄍˇㄥㄚˋ】。

桶也（桶子）【taŋ-á，ㄊㄤㄧㄚˋ】，連音速讀變韻為【taŋ-gná，ㄊㄤㄍˇㄥㄚˋ】。

4.前字韻母之尾音是「p，ㄅ」，後字是「á，ㄚˋ」，連音速讀變韻為「bá，ㄅˇㄚˋ」。

盒也（盒子）【āp-á，ㄚㄅㄧㄚˋ】，連音速讀變韻為【āp-bá，ㄚㄅㄧㄅˇㄚˋ】。

帖也（帖子）【tiap-á，ㄊㄧㄚㄅㄧㄚˋ】，連音速讀變韻為【tiap-bá，ㄊㄧㄚㄅㄅˇㄚˋ】。

5.前字韻母之尾音是「t，ㄊ」，後字是「á，ㄚˋ」，連音速讀變韻為「lá，ㄌㄚˋ」。

笛也（笛子）【dāt-á，ㄅㄚㄊㄧㄚˋ】，連音速讀變韻為【dāt-lá，ㄅㄚㄊㄧㄌㄚˋ】。

拭也（擦子）【tsit-á，ㄑㄧㄊㄧㄚˋ】，連音速讀變韻為【tsit-lá，ㄑㄧㄊㄌㄚˋ】。

6.前字韻母之尾音是「k，ㄍ」，後字是「á，ㄚˋ」，連音速讀變韻為「gá，ㄍˇㄚˋ」。

竹也（竹子）【diek-á，ㄅㄧㄝㄍㄧㄚˋ】，連音速讀變韻為【diek-gá，ㄅㄧㄝㄍㄍˇㄚˋ】。

桷也（椽子）【kak-á，ㄍㄚㄍㄧㄚˋ】，連音速讀變韻為【kak-gá，ㄍㄚㄍㄍˇㄚˋ】。

7.前字韻母之尾音是「ñ，ㄥ」，後字是「-á，ㄚˋ」，連音速讀變韻為「áñ，ㄥㄚˋ」。

嬰也（嬰兒）【ēñ-á，ㄥㄝㄧㄚˋ】，連音速讀變韻為【ēñ-áñ，ㄥㄝㄧㄥㄚˋ】。

圓也（圓子）【īñ-á，ㄥㄧㄧㄚˋ】，連音速讀變韻為【īñ-áñ，ㄥㄧㄧㄥㄚˋ】。

二、前字尾音「n，ㄣ」，受後字聲母（子音）「b，m，p；ㆣ，ㄇ，ㄅ」影響，尾音「n，ㄣ」變韻為「m，ㄇ」。

1.隱瞞之隱「ín，ㄧㄣˋ」，受「瞞muâ，ㄇㄨㄚˊ」影響，變韻為「ím，ㄧㄇˋ」，連音讀做【im-muâ，ㄧㄇ ㄇㄨㄚˊ】。

2.新聞之新「sin，ㄙㄧㄣ」，受「聞bûn，ㆣㄨㄣˊ」影響，變韻為「sim，ㄙㄧㄇ」，連音讀做【sīm-bûn，ㄙㄧㄇ－ㆣㄨㄣˊ】。

3.新棉之新「sin，ㄙㄧㄣ」，受「棉mî，ㄇㄧˊ」影響，變韻為「sim，ㄙㄧㄇ」，連音讀做【sīm-mî，ㄙㄧㄇ－ㄇㄧˊ】。

4.新婦之新「sin，ㄙㄧㄣ」，受「婦pū，ㄅㄨ－」影響，變韻為「sim，ㄙㄧㄇ」，連音讀做【sīm-pū，ㄙㄧㄇ－ㄅㄨ－】。（註：新婦即媳婦之意，見《國策》之《衛策》：「衛人迎新婦。」）

5.根本之根「kin，ㄍㄧㄣ」，受「本pún，ㄅㄨㄣˋ」影響，變韻為「kim，ㄍㄧㄇ」，連音讀做【kīm-pún，ㄍㄧㄣ－ㄅㄨㄣˋ】。

6.安眠之安「an，ㄢ」，受「眠biên，ㆣㄧㄝㄣˊ」影響，變韻為「am，ㄚㄇ」，連音讀做【ām-biên，ㄚㄇ－ㆣㄧㄝㄣˊ】。

7.安排之安「an，ㄢ」，受「排pâi，ㄅㄞˊ」影響，變韻為「am，ㄚㄇ」，連音讀做【ām- pâi，ㄚㄇ－ㄅㄞˊ】。

8.產婆之產「sán，ㄙㄢˋ」，受「婆pô，ㄅㄛˊ」影響，變韻為「sám，ㄙㄚㄇˋ」，連音讀做【sam- pô，ㄙㄚㄇㄅㄛˊ】。

三、前字尾音「t，ㄊ」，受後字聲母（子音）「b，m，p；ㆣ，ㄇ，ㄅ」影響，尾音「t，ㄊ」變韻為「p，ㄅ」。

1.職務之職「chít，ㄐㄧㄊˋ」，受「務 bū，ㆣㄨ－」影響，變韻為「chíp，ㄐㄧㄅˋ」，連音讀做【chip-bū，ㄐㄧㄅㆣㄨ－】。

2.日本之日「jīt，ㄐ゛ㄧㄊㄧ」，受「本 pún，ㄅㄨㄣˋ」影響，變韻為「jīp，ㄐ゛ㄧㄅㄧ」，連音讀做【jìp-pún，ㄐ゛ㄧㄅˊ ㄅㄨㄣˋ】。

3.食物之食「sīt，ㄙㄧㄊㄧ」，受「物 būt，ㄅ゛ㄨㄊㄧ」影響，變韻為「sīp，ㄙㄧㄅㄧ」，連音讀做【sìp-būt，ㄙㄧㄅˊ ㄅ゛ㄨㄊㄧ】。

4.擦門之擦「tsát，ㄘㄚㄊˋ」，受「門 mน̂，ㄇㄥˊ」影響，變韻為「tsáp，ㄘㄚㄅˋ」，連音讀做【tsap-mน̂，ㄘㄚㄅ ㄇㄥˊ】。

四、前字尾音「n，ㄣ」，受後字聲母（子音）「k，ㄎ」影響，尾音「n，ㄣ」變韻為「ŋ，ㄥ」。

身軀之身「sin，ㄙㄧㄣ」，受「軀khu，ㄎㄨ」影響，變韻為「sieŋ，ㄙㄧㄝㄥ」，連音讀做【sīeŋ-khu，ㄙㄧㄝㄥ一 ㄎㄨ】。

五、前字尾音「m，ㄇ」變為「n，ㄣ」，後字是「á，ㄚˋ」，連「n，ㄋ」成為聲母。

「今也日」（今兒）之今「kim，ㄍㄧㄇ」變為「kin，ㄍㄧㄣ」，「n，ㄋ」連「á，ㄚˋ」成「ná，ㄋㄚˋ」，「今也日」連音讀做【kīn-na-jīt，ㄍㄧㄣ一 ㄋㄚ ㄐ゛ㄧㄊㄧ】。

六、前字尾音「m，ㄇ」變為「n，ㄣ」，後字是「lám，ㄌㄚㄇˋ」變韻為「ná，ㄋㄚˋ」。

「橄欖」本調分別為「kám，ㄍㄚㄇˋ」、「lám，ㄌㄚㄇˋ」，連讀前後字皆變韻為【kān-ná，ㄍㄞ一ㄋㄚˋ】。

七、字音「chai，ㄗㄞ」、「pai，ㄅㄞ」、「phai，ㄆㄞ」和他字連讀時變為鼻聲。

1.「知也」【chāi-iá，ㄗㄞˊ ㄧㄚˋ】連讀時變為【chāiñ-iáñ，ㄗㄥㄞˊ ㄙㄧㄚˋ】。

2.「宰相」【chai-siòŋ，ㄗㄞ ㄙㄧㄛㄥˇ】連讀時變為【chaiñ-siòŋ，ㄗㄥㄞ ㄙㄧㄛㄥˇ】。

3.「手指」【tsiu-chái，ㄑㄧㄨ ㄗㄞˋ】連讀時變為【tsiu-cháiñ，ㄑㄧㄨ ㄗㄥㄞˋ】。

4.「髀跤」（跛腳）【pai-kha，ㄅㄞ ㄎㄚ】連讀時變為【paiñ-kha，ㄅㄥㄞ ㄎㄚ】。

5.「真否」（很兇）【chīn-phái，ㄐㄧㄣ ㄆㄞˋ】連讀時變為【chīn-pháiñ，ㄐㄧㄣ ㄆㄥㄞˋ】。

6.「痞勢」（難為情）【phai-sè，ㄆㄞ ㄙㄝˇ】連讀時變為【phaiñ-sè，ㄆㄥㄞ ㄙㄝˇ】。

八、字詞相連讀變韻、變調。

1.「即今也」（現今兒）本調分別為「chít，ㄐㄧㄊˋ」、「kim，ㄍㄧㄇ」、「á，ㄚˋ」，「ki，ㄍㄧ」被省略，連讀時簡略成【chit-má，ㄐㄧㄊ ㄇㄚˋ】。

2.「灑潑」本調分別為「sái，ㄙㄞˋ」、「phuát，ㄆㄨㄚㄊˋ」，連讀時變為【sāi-pák，ㄙㄞ- ㄅㄚㄍˋ】，以致「灑潑雨」被訛成「西北雨」。

3.「撒野潑辣」簡稱為「撒潑」本調分別為「sát，ㄙㄚㄊˋ」、「phuát，ㄆㄨㄚㄊˋ」，連讀時變為【sām-pát，ㄙㄚㄇ- ㄅㄚㄊˋ】，以致「撒潑」被訛成「三八」。

九、單數人稱代名詞連接「等」字韻尾「n，ㄣ」成為複數。

此種連韻，知之者寡，不知者就以諧音字代替，積非成是，卻造成讀者望文不知所云、不知何意。（如以「阮」代「我等」、「恁」代「你等」。）

1.第一人稱複數發音【guán，ㄍˇㄨㄢㄟ】係我等、吾等兩字連音而成，即北京話「我們」。

「我gúa，ㄍˇㄨㄚㄟ」連「等dán，ㄅㄢㄟ」成「我等guán，ㄍˇㄨㄢㄟ」、「吾gô，ㄍˇㄛˊ」連「等dán，ㄅㄢㄟ」成「吾等guán，ㄍˇㄨㄢㄟ」。

2.第二人稱複數發音【lín，ㄌㄧㄣㄟ】係你等、爾等、汝等兩字連音而成，即北京話「你們」。

「你lí，ㄌㄧㄟ」、「爾lí，ㄌㄧㄟ」、「汝lí，ㄌㄧㄟ」連「等dán，ㄅㄢㄟ」成「你等、爾等、汝等lín，ㄌㄧㄣㄟ」。

3.第三人稱複數發音【in，ㄧㄣ】係伊等兩字連音而成，即北京話「他們」。

「伊i，ㄧ」連「等dán，ㄅㄢㄟ」成「伊等in，ㄧㄣ」。

4.第一、二人稱結合數發音lán：「余等」（你和我）。

「余liâ，ㄌㄧㄚˊ」連「等dán，ㄅㄢㄟ」成「余等lán，ㄅㄢㄟ」。或由「你lí，ㄌㄧㄟ」連「我gúa，ㄍˇㄨㄚㄟ」連「等dán，ㄅㄢㄟ」成「余等lán，ㄅㄢㄟ」，即北京話「咱們」。

（註）「余」、「如」、「車」等三字在中古音皆屬於「魚」韻部，「車」文讀音為【ki，ㄍㄧ】（漳州音）、【ku，ㄍㄨ】（廈門音），「車」口語音為【tsia，ㄑㄧㄚ】。

「如」文讀音為【jî，ㄐˇㄧˊ】（漳州音）、【jû，ㄐˇㄨˊ】（廈門音），「如」泉州音為【lû，ㄌㄨˊ】。

「余」現今文讀音為【î，ㄧˊ】（漳州音）、【û，ㄨˊ】（廈門音），中古音訓為【lîa，ㄌㄧㄚˊ】（聲母：l，ㄌ，韻母：ia，ㄧㄚ）。

十、字音合併形成新韻（併韻）、新調（陽上調）。

1.「昨方」（昨天之意）【chāh hŋ，ㄗㄚㄏㄧㄏㄥ】連音速讀併為【chăŋ，ㄗㄤˇ】（陽上調）。

2.「於昏」（在昏晚之意）【ē-hŋ，ㄝㄧㄏㄥ】連音速讀併為【ĕŋ，ㄝㄥˇ】（陽上調）。

3.「今也日」【kīn-a-jīt，ㄐㄧㄣㄧㄚㄐˇㄧㄊㄧ】中「今也」連音速讀併為【kiăñ，ㄍㄥㄧㄚˇ】（陽上調），「今也日」連音速讀併為【kiăñ-jīt，ㄍㄥㄧㄚˇㄐˇㄧㄊㄧ】。

4.「明也日」【bīn-a-jīt，ㄅˇㄧㄣㄧㄚㄐˇㄧㄊㄧ】中「明也」連音速讀併為【miă，ㄇㄧㄚˇ】（陽上調），「明也日」連音速讀併為【miă-jīt，ㄇㄧㄚˇㄐˇㄧㄊㄧ】。

5.「啥俍必」（誰要之意）【sia-lâŋ béh，ㄙㄧㄚㄉㄤˊ˙ㄅㄝ】中「啥俍」【sia-lâŋ，ㄙㄧㄚㄉㄤˊ】連音速讀併為【siăŋ，ㄙㄧㄤˇ】（陽上調），「啥俍必」連音速讀併為【siăŋ béh，ㄙㄧㄤˇ˙ㄅˇㄝ】。

6.「與俍做」（讓人家做）【hò-lāŋ-chò，ㄏㄛˇㄉㄤㄧㄗㄛˇ】中「與俍」【hò-lâŋ，ㄏㄛˇㄉㄤˊ】連音速讀併為【hŏŋ，ㄏㄛㄥˇ】（陽上調），「與俍做」連音速讀併為【hŏŋ-chò，ㄏㄛㄥˇㄗㄛˇ】。

7.「加予我」（和我、同我）、「加予你」（和你、同你）、「加予伊」（和他、同他）中「加予」【kā-î，ㄍㄚㄧㄧˊ】連音為【kăi，ㄍㄚㄧˇ】速讀併為【kă，ㄍㄚˇ】。

「加予我」速讀併為【kă-gúa，ㄍㄚˇㄍˇㄨㄚˋ】。

「加予你」速讀併為【kă-lí，ㄍㄚˇㄉㄧˋ】。

「加予伊」速讀併為【kă-ī，ㄍㄚˇㄧ】。（「伊」由陰平i變調為陽去ī）

註 若疑問語氣較重時，「啥俍」連音速讀併為【siáŋ，ㄙㄧㄤˋ】，「啥俍必」連音速讀併為【siáŋ- béh，ㄙㄧㄤˋ˙ㄅˇㄝ】。

8. 「加予俍講」（同人家講）【kă-lāŋ-kóŋ，ㄍㄚㆀ ㄌㄤ－ㄍㆦㄥˋ】中「加予俍」【kă-lâŋ，ㄍㄚㆀ ㄌㄤˊ】連音速讀併為【kăŋ，ㄍㄤㆀ】（陽上調），「加予俍講」連音速讀併為【kăŋ-kóŋ，ㄍㄤㆀ ㄍㆦㄥˋ】。

▌第七章、何謂反切？漢字發音如何切合？

一、反切原理

　　黃侃音略：「反切之理，上一字是其聲理，不論其為何韻；下一字是韻律，不論其為何聲。質言之，即上一字只取發聲，去其收韻；下一字只收韻，去其發聲；故上一字定清濁，下一字定開合。」故反切者取上一字之聲，下一字之韻，切合而成之音也。

　　黃侃，湖北蘄春人，1886年4月3日（清光緒十二年二月二十九）生於四川成都。近代文字學家、訓詁學家和音韻學家。初名喬馨，字君梅，號量守廬居士。幼從父受音韻學及訓詁學。十五歲中秀才，1903年考入湖北文普通學堂。1905年留學日本。改名黃侃，字季剛。次年加入同盟會，因常為《民報》撰稿，和主筆章炳麟結為知交，同時結交劉師培。1910年秋，黃侃應湖北革命黨人函約，回國返鄉，於湖北、安徽間組織孝義會，宣傳革命。次年7月26日為漢口《大江報》撰時評《大亂者救中國之妙藥也》，震動一時。辛亥革命後，在上海主辦《民聲日報》，並勤治音韻學，綜合自顧炎武至章炳麟諸家之說，定古聲十九類，古韻二十八部之目。後來在北京大學任教。1919年9月，黃侃因不贊同五四新文化運動，離開北京南下，任武昌高等師範學校國文教授。1926～1927年，先後執教於北京師範大學和東北大學。1928年春，應南京中央大學之聘，為中文系講授《禮學略說》、《唐七言諸式》等課，同時兼任金陵大學國學研究班教授。1935年10月6日，在南京去世。

研究漢字之聲、韻學理，則稱為「聲韻學」，亦稱為「音韻學」。

漢字之發音屬於單音節（syllable），亦即一字一音節，有別於世界其他語系之一字多音節。漢字之發音又稱為獨立音節，一字多音節又稱為黏著音節，亦即由兩三個或更多音節相黏組合而成。例如日語之「櫻」（さくらsakura）由「sa」、「ku」、「ra」三個音節組合而成，西班牙語之「amigo」（男朋友）由「a」、「mi」、「go」三個音節組合而成。就單音節之發音組合而論，基本組合方式有兩種。

一是最簡單，只由韻母（亦稱為母音，古人稱之為「韻」）發音；

二是由聲母（亦稱為子音，古人稱之為「聲」）和韻母組成；

而台語漢字發音尚有一種最特別，只由聲母發音：如台語稱伯母為「阿姆」（ā-m，ㄚ－ㄇㄟˋ），「姆」之發音為「m，ㄇㄟˋ」（即m，ㄇ之陰上調）。台語稱姓「黃」為「ŋ或 ng，ㄥˊ」（陽平調）。

二、反切法

據專家研究，約在東漢許慎編作「說文解字」時或在東漢末年已有「反切」之說。

當時未使用拼音符號標記發音，但是發明切韻方式來標記發音和聲調，亦即用兩字來切韻後再組合實際發音。其方式及順序如下：

1.先切出上字（或稱前字）之**聲母**（或稱子音），

2.再切出下字（或稱後字）之**韻母**（或稱母音），

3.將上字聲母和下字韻母，組合成該字之**聲韻**。

4.以下字所屬之基本聲調（平、上、去、入）定為該字之基本聲調，

5.以上字所屬之陰陽音質（或稱清濁）定為該字之清音或濁音，

6.將基本聲調配上陰陽音質，組合成該字之**音調**（即陰平、陽平、陰上、陽上、陰去、陽去、陰入、陽入）。

7.將3.所定之**聲韻**配上6.所定之**音調**，即可發出該字之實際聲音（發音）。茲以現代方程式表示上面之敘述：

（1）1.聲母＋2.韻母＝3.聲韻，4.聲調＋5.音質＝6.音調，3.聲韻＋
　　6.音調＝7.聲音
（2）1.子音＋2.母音＝3.音韻，4.聲調＋5.音質＝6.音調，3.音韻＋
　　6.音調＝7.發音

就黃侃音略所述和現代術語（terminology）比對：

「上一字只取發聲，去其收韻」就是1.所定之**聲母**。

「下一字只收韻，去其發聲」就是1.所定之**韻母**。

「上一字定清濁」就是5.所定之陰陽音質。

「下一字定開合」就是1.所定之基本聲調。

「開」就是「平、上、去聲」發音時要開口。

「合」就是「入聲」發音結束時要合口。

三、「合口入聲」

如果不懂台語實在無法去體會何謂「合口入聲」，現今教聲韻學之老師本身真正懂古代漢語者的確「少之又少」，如何教導學生「入聲要合口」？主要癥結就是北京話（普通話）早已失去入聲，將入聲散入「平、上、去聲」。為師者無法發入聲，又何以教學生？

筆者有一次在重慶南路書店買書時聽到三位北一女（臺北市立第一女子高級中學）高中生正在討論唐詩柳宗元之「江雪」押「入聲屑韻」，其中一位提出：「甚麼是入聲？」另一位回應：「我們國文老師講屑是入聲，背起來就好。我就問老師屑是第四聲，怎會是入聲？老師回答在唐代屑就是入聲。」第三位發言：「我問過另外一位國文老師，他回答如果會講台語就發得出來。」第一位趕緊問：「那一位老師有沒有發出入聲？」第三位回話：「就是沒發，不然我早就告訴你了。」第二位嘆氣：「只好背起來！」當時筆者想要用台語發「屑」聲，抬頭一看三位北一女高中生正走出門口。

筆者在此將「江雪」用國際音標及注音符號來標記唐代古音（其實就是台語文讀音）：

千	山	鳥	飛	絕，
tsiēn	san	niáu	hūi	chuāt
ㄑㄧㄝㄅㄧ	ㄙㄢ	ㄋㄧㄠˋ	ㄏㄨㄧ	ㄗㄨㄚㄊㄧ
萬	徑	人	蹤	滅。
bàn	kièn	jīn	chōŋ	biēt
ㄅˇㄢㄧ	ㄍㄧㄝㄥˇ	ㄐˇㄧㄅㄧ	ㄗㄥㄧ	ㄅˇㄧㄝㄊㄧ
孤	舟	蓑	笠	翁，
kō	chiu	sō	lìp	ㄥ
ㄍㄛㄧ	ㄐㄧㄨ	ㄙㄛㄧ	ㄌㄧㄅˇ	ㄛㄥ
獨	釣	寒	江	雪。
dòk	diàu	hān	kāŋ	suát
ㄉㄛㄍˇ	ㄉㄧㄠˇ	ㄏㄢㄧ	ㄍㄤㄧ	ㄙㄨㄚㄊˋ

本首詩押「屑」（siát，ㄙㄧㄚㄊˋ）韻是指第一、二、四句之最後一字分別是「絕」、「滅」、「雪」和「屑」皆為「t，ㄊ」韻尾，以上下排口齒咬合舌尖之入聲字。

台語文讀音發「合」字是真正「合口聲」

筆者在教學生發入聲字時，一定先教「合」字發聲，以北京話發「合」ㄏㄜˊ是「開口聲」顯然不合韻書所稱之「合口聲」，以台語文讀音發「合」ㄏㄚㄅㄧ（hāp）正是將上下唇合口之標準入聲字。就字形來講「合」字本身就是將「口」合起來，當初古人造「合」字必定依實際「合口聲」來發音，「合」字之台語文讀音可謂對「合」字之最初古音做最佳詮釋，更可證實台語文讀音保存上古最初之發音。

四、實例說明如何切韻

北京話「竹竿」，台語稱為「竹篙」【diek - ko ㄉㄧㄝㄍ ㄍㄛ】。

北京話「揭竿起義」，台語稱為「竹篙鬥菜刀」【diek - ko dáu - tsái - do，ㄉㄧㄝㄍ ㄍㄛ ㄉㄠˋ ㄘㄞˋ ㄉㄛ】。（原意引申為和你拼了，現今不知者以為不相干之事。）

「篙」見《廣韻》：「古勞切」、《集韻》：「居勞切」。

依切韻法則：（共7個步驟）

1.取上字「古 kó，ㄍㆦˋ」之聲母「k，ㄍ」、「居 ki，ㄍㄧ」之聲母「k，ㄍ」。

2.取下字「勞 lô，ㄌㆦˊ」之韻母「o，ㆦ」。

3.「k，ㄍ」＋「o，ㆦ」＝「ko，ㄍㆦ」聲韻。

4.下字「勞」之聲調雖為「陽平聲調」，但其基本聲調質為「平聲調」。

5.上字「古」之聲調為「陰上聲調」、「居」之聲調為「陰平聲調」，皆屬「陰清音質」。

6.基本聲調質為「平聲調」配上「陰清音質」，組合成「陰平聲調」。

7.3.「ko，ㄍㆦ」配上6.「陰平聲調」，所以「篙」之實際發音為「ko，ㄍㆦ」。

再引一例說明如何切韻：

一般人（包括電視廣告）將台語之「植、殖」發音和「直」【dīt，ㄉㄧㄊㄧ】相同，其實應該同「實」字之發音【sīt，ㄙㄧㄊㄧ】相同才對，透過切韻法則即可證實「植、殖」之正確發音。

「植、殖」在《唐韻》皆記「常職切」，在《集韻》皆記「承職切」。

依切韻法則：（共7個步驟）

1.取「常 siông，ㄙㄧㆦㄥˊ、承siêng，ㄙㄧㆤㄥˊ」之聲母「s，ㄙ」。

2.取「職 chít，ㄐㄧㄊㆤ」之韻母「it，ㄧㄊ」。

3.「s，ㄙ」+「it，ㄧㄊ」=「sit，ㄙㄧㄊ」。

4.「職」之聲調為「陰入」，屬「入聲」。

5.「常、承」之聲調為「陽平」，屬「陽濁」。

6.「入聲」配「陽濁」，合成「陽入」。

7.「sit，ㄙㄧㄊ」配「陽入」，「植、殖」之正確發音為「sīt，ㄙㄧㄊㄧ」。

　　切韻法則雖有條理、合乎科學精神，但稍微複雜，若不知兩字之聲韻、音調則無從切取定屬，採乃最大缺點。所以當今採用國際音標或注音符號來標記漢語發音實為最簡明方法。

第八章、台語漢字基本八聲調符合古代切韻

　　2006年筆者受美東夏令會（由美國東部台灣同鄉會主辦）邀請，前往美國東北部康州大學（University of Connecticut）在7月3日下午做一場有關台語聲調演講。當天上午十點筆者在書攤（擺了筆者三本著作）招呼鄉親，忽然有一位小姐匆忙走過來問筆者：「請問是王華南老師嗎？」筆者回答：「正是，請問有何指教？」小姐面露悅色：「從7月1日開幕就打聽王老師，總算找到了！」接著互相交換名片，方知是大紀元時報總部（在紐約曼哈頓，法輪功機關報）資深記者朱江小姐（北京大學畢業後，在美國得到碩士）希望採訪筆者想了解台灣文化（重點在台語文），筆者受寵若驚首先表明：「本人是個默默無名文化工作者，貴報社怎知本人研究範圍？」朱小姐：「其實很多學者從網頁報導知道王老師在研究台語和古代漢語，所以有些問題想和王老師討論。」徵得筆者同意後，朱小姐開始錄音，結果錄到十二點多，足足兩小時。筆者首先介紹當今台灣語文概況，朱小姐才明瞭通稱之台語並不是原住民語系而是屬於正宗漢語系，後來討論重點就集中到「台語漢字字意和發音保存歷代漢語原意和原音」，筆者還舉了不少實例證明，朱小姐頗認同筆者所強調：「台語確實保存不少中原文化精華！」朱小姐也提到很多大陸學者對康熙字典所引述韻書提出質疑，她很希望筆者能解疑惑。

　　以下就是筆者所舉之實例解析「康熙字典所引述韻書之切韻」，朱小姐聽完之後終於恍然大悟「台語漢字文讀音完全符合韻書敘述」。

　　康熙字典記載「東」字在《唐韻》：「德紅切」，朱小姐提出質疑：「德、紅兩字都是第二聲，為何合起來卻變成『東』發第一聲？」筆者告知《唐韻》是唐代韻書，所記載者一定是當代音韻，而台語文讀

音保存當時字音方能符合，北京話自然不合，朱小姐聽了之後滿臉狐疑，經筆者以切韻法則循序解析，朱小姐露出笑容直呼「太奇妙了」。（「德」在唐代屬陰入調；在北京話轉為陽平調，即第二聲。）

一、陰平聲調

1.「東」見《唐韻》：「德紅切」，

「德」發音【diék,ㄉ一ㄝㄍˋ】聲母「d,ㄉ」、陰入聲屬「陰清」，

「紅」發音【hôŋ,ㄏㄛㄥˊ】韻母「ôŋ,ㄛㄥˊ」、陽平聲調屬「平聲」，

故「d,ㄉ」＋「ôŋ,ㄛㄥ」＝「doŋ,ㄉㄛㄥ」，

配「陰清」＋「平聲」＝「陰平」，「東」發【doŋ,ㄉㄛㄥ】。

2.「君」見《集韻》：「拘云切」，

「拘」發音【ku,ㄍㄨ】聲母「k,ㄍ」、陰平聲屬「陰清」，

「云」發音【ûn,ㄨㄣˊ】韻母「un,ㄨㄣ」、陽平聲調屬「平聲」，

故「k,ㄍ」＋「un,ㄨㄣ」＝「kun,ㄍㄨㄣ」，

配「陰清」＋「平聲」＝「陰平」，「君」發【kun,ㄍㄨㄣ】。

二、陽平聲調

1.「同」見《唐韻》：「徒紅切」，

「徒」發音【dô,ㄉㄛˊ】聲母「d,ㄉ」、陽平聲調屬「陽濁」，

「紅」發音【hôŋ,ㄏㄛㄥˊ】韻母「ôŋ,ㄛㄥˊ」、陽平聲調屬「平聲」，

故「d,ㄉ」＋「ôŋ,ㄛㄥ」＝「doŋ,ㄉㄛㄥ」，

配「陽濁」＋「平聲」＝「陽平」，「同」發【dôŋ,ㄉㄛㄥˊ】。

2.「群」見《廣韻》：「渠云切」，

「渠」發音【kû，ㄍㄨˊ】聲母「k，ㄍ」、陽平聲調屬「陽濁」，

「云」發音【ûn，ㄨㄣˊ】韻母「ûn，ㄨㄣˊ」、陽平聲調屬「平聲」，

故「k，ㄍ」＋「un，ㄨㄣ」＝「kun，ㄍㄨㄣ」，

配「陽濁」＋「平聲」＝「陽平」，「群」發【kûn，ㄍㄨㄣˊ】。

三、陰上聲調

1.「董」見《唐韻》：「多動切」，

「多」發音【do，ㄉㄛ】聲母「d，ㄉ」、陰平聲屬「陰清」，

「動」發音【dǒŋ，ㄉㄛㄥㆭ】韻母「ǒŋ，ㄛㄥㆭ」、陽上聲調屬「上聲」，

故「d，ㄉ」＋「ɔŋ，ㄛㄥ」＝「dɔŋ，ㄉㄛㄥ」，

配「陰清」＋「上聲」＝「陰上」，「董」發【dóŋ，ㄉㄛㄥˋ】。

2.「滾」見《集韻》：「古本切」，

「古」發音【kó，ㄍㄛˋ】聲母「k，ㄍ」、陰上聲屬「陰清」，

「本」發音【pún，ㄅㄨㄣˋ】韻母「ún，ㄨㄣˋ」、陰上聲調屬「上聲」，

故「k，ㄍ」＋「un，ㄨㄣ」＝「kun，ㄍㄨㄣ」

配「陰清」＋「上聲」＝「陰上」，「滾」發【kún，ㄍㄨㄣˋ】。

四、陽上聲調

1.「動」見《集韻》：「杜孔切」，

「杜」發音【dɔ̄，ㄉㄛー】聲母「d，ㄉ」、陽去聲調屬「陽濁」，

「孔」發音【khóŋ，ㄎㄛㄥˋ】韻母「óŋ，ㄛㄥˋ」、陰上聲調屬「上聲」，

故「d，ㄉ」＋「ɔŋ，ㄛㄥ」＝「dɔŋ，ㄉㄛㄥ」，

配「陽濁」＋「上聲」＝「陽上」，「動」發【dɔ̌ŋ，ㄉㄛㄥˇ】。

2.「近」見《廣韻》：「其謹切」，

「其」發音【kî，ㄍㄧˊ】聲母「k，ㄍ」、陽平聲調屬「陽濁」，

「謹」發音【kín，ㄍㄧㄣˋ】韻母「ín，ㄧㄣˋ」、陰上聲調屬「上聲」，

故「k，ㄍ」＋「in，ㄧㄣ」＝「kin，ㄍㄧㄣ」，

配「陽濁」＋「上聲」＝「陽上」，「近」發【kǐn，ㄍㄧㄣ∨】。

五、陰去聲調

1.「凍」見《唐韻》：「多貢切」，

「多」發音【do，ㄉㄛ】聲母「d，ㄉ」、陰平聲屬「陰清」，

「貢」發音【kòŋ，ㄍㄛㄥ∨】韻母「ɔŋ，ㄛㄥ∨」、陰去聲調屬「去聲」，

故「d，ㄉ」＋「ɔŋ，ㄛㄥ」＝「dɔŋ，ㄉㄛㄥ」，

配「陰清」＋「去聲」＝「陰去」，「凍」發【dɔ̀ŋ，ㄉㄛㄥ∨】。

2.「艮」見《唐韻》：「古恨切」，

「古」發音【kó，ㄍㄛˋ】聲母「k，ㄍ」、陰上聲屬「陰清」，

「恨」發音【hīn，ㄏㄧㄣ－】韻母「īn，ㄧㄣ－」、陽去聲調屬「去聲」，

故「k，ㄍ」＋「in，ㄧㄣ」＝「kin，ㄍㄧㄣ」，

配「陰清」＋「去聲」＝「陰去」，「艮」發【kìn，ㄍㄧㄣˇ】。

六、陽去聲調

1.「洞」見《唐韻》：「徒弄切」，

「徒」發音【dô，ㄉㄛˊ】聲母「d，ㄉ」、陽平聲調屬「陽濁」，

「弄」發音【lɔŋ，ㄌㆲ－】韻母「ɔŋ，ㆲ－」、陽去聲調屬「去聲」，

故「d，ㄅ」＋「ɔŋ，ㆲ」＝「dɔŋ，ㄅㆲ」，

配「陽濁」＋「去聲」＝「陽去」，「洞」發【dɔŋ，ㄅㆲ－】。

2.「郡」見《集韻》：「具運切」，

「具」發音【kū，ㄍㄨ－】聲母「k，ㄍ」、陽平聲調屬「陽濁」，

「運」發音【ūn，ㄨㄣ－】韻母「ūn，ㄨㄣ－」、陽去聲調屬「去聲」，

故「k，ㄍ」＋「un，ㄨㄣ」＝「kun，ㄍㄨㄣ」，

配「陽濁」＋「去聲」＝「陽去」，「郡」發【kūn，ㄍㄨㄣ－】。

七、陰入聲調

1.「督」見《集韻》：「都毒切」，

「都」發音【dɔ，ㄅㆦ】聲母「d，ㄅ」、陰平聲屬「陰清」，

「毒」發音【dɔ̄k，ㄅㆦㄍ－】韻母「ɔk，ㆦㄍ－」、陽入聲調屬「入聲」，

故「d，ㄅ」＋「ɔk，ㆦㄍ」＝「dɔk，ㄅㆦㄍ」，

配「陰清」＋「入聲」＝「陰入」，「督」發【dɔ́k，ㄅㆦㄍˋ】。

2.「骨」見《唐韻》：「古忽切」，

「古」發音【kɔ́，ㄍㆦˋ】聲母「k，ㄍ」、陰上聲屬「陰清」，

「忽」發音【hút，ㄏㄨㄊˋ】韻母「út，ㄨㄊˋ」、陰入聲調屬「入聲」，

故「k，ㄍ」＋「ut，ㄨㄊ」＝「kut，ㄍㄨㄊ」，

配「陰清」＋「入聲」＝「陰入」，「骨」發【kút，ㄍㄨㄊˋ】。

八、陽入聲調

1. 「獨」見《唐韻》：「徒谷切」，

   「徒」發音【dô,ㄉㄛˊ】聲母「d,ㄉ」、陽平聲調屬「陽濁」，

   「谷」發音【kók,ㄍㄛㄍˋ】韻母「ók,ㄛㄍˋ」、陰入聲調屬「入聲」，

   故「d,ㄉ」＋「ɔk,ㄛㄍ」＝「dɔk,ㄉㄛㄍ」，

   配「陽濁」＋「入聲」＝「陽入」，「獨」發【dōk,ㄉㄛㄍ－】。

2. 「掘」見《集韻》：「渠勿切」，

   「渠」發音【kû,ㄍㄨˊ】聲母「k,ㄍ」、陽平聲調屬「陽濁」，

   「勿」發音【būt,ㄅˇㄨㄊ－】韻母「ūt,ㄨㄊ－」、陽入聲調屬「入聲」，

   故「k,ㄍ」＋「ut,ㄨㄊ」＝「kut,ㄍㄨㄊ」，

   配「陽濁」＋「入聲」＝「陽入」，「掘」發【kūt,ㄍㄨㄊ－】。

第九章、聲韻學入門書──康熙字典

一、簡介康熙字典

《康熙字典》在清朝康熙四十九年（1710年），康熙皇帝命令吏部尚書──張玉書（1642－1711年，字素存，江南丹徒〔今江蘇鎮江〕人）及陳廷敬（1638－1712年，曾擔任經筵講官，親自教導康熙皇帝）擔任主編（正式頭銜稱為總閱官），由禮部侍郎──凌紹雯及25名翰林院官員、1名監察御史共27名擔任纂修官，由翰林院侍讀──陳世倌擔任纂修官兼校刊官，後來張玉書病逝，陳廷敬獨任總裁官。陳廷敬編纂《康熙字典》付出極大心力，親自審閱文稿、編訂目錄、考校典籍、查閱大量古代辭書，參考明代的《字彙》、《正字通》兩書為基礎而編寫，成書於康熙五十五年（1716年），是一部內容詳細之漢語辭典，重印再版至今不輟。

《康熙字典》共載47,035字目，書分為12集，以214個部首分類，並注有反切注音、出處、及參考等。書中並按韻母、聲調以及音節分類排列韻母表及其對應漢字，另外在字典正文前附有《字母切韻要法》、《切字樣法》、《檢篇海部首捷法》和《等韻切音指南》等四表。由於現代知古漢音之學者稀矣，加上再版編者幾乎不知四表所云為何，托辭「認為在今日已失原有價值，因而刪去」，所以不少現代再版本未收錄上述四表，實在令人嘆惜之至。筆者在此呼籲欲購買《康熙字典》時，請先查看有否收錄上述四表。

《康熙字典》列字下列有該字不同音切和意義，除僻字僻義外皆引錄書證。清代法律規定，凡讀書人應考科舉，書寫字體必需以《康熙字

典》為標準，因此，該書對學術界影響頗大，成書之後，流行極廣，至今仍不失為一本有價值之語文工具書。

《康熙字典》有清代木刻本，晚清時，上海出現幾種影印本，中華書局曾會用同文書局之影印本為底本製成鋅版，現在利用存版重印，並附王引之所著「字典考證」於後，以供參考。

乾隆年間，王錫侯著《字貫》一書，第一次指出了《康熙字典》在引證、釋義等方面之缺點，然因冒犯皇帝「御定」威嚴，落得滿門抄斬，其著作亦付之一炬。至道光7年（1827年）王引之奉皇帝之命，著《字典考證》校正部分《康熙字典》引書方面之錯誤，當中引用書籍字勾訛誤共2588條。

二、何謂四聲、七音、三十六字母？

引述《御製康熙字典序》（即康熙皇帝在字典所作之序文）：「古文篆，隨世遞變，至漢許氏（許慎）始有說文（說文解字），然重（重視）義而略（忽略）於音，故世謂漢儒識文字而不識子母（子音、母音）；江左之儒識四聲而不識七音。七音之傳，肇自西域，以三十六字為母；從為四聲，橫為七音，而後天下之聲總於是焉。」

1.四聲是指平聲、上聲、去聲、入聲。

2.七音參見字典正文前附之《字母切韻要法》中所提「分九音法」：

「見溪郡疑是牙音，端透定泥舌頭音，知徹澄娘舌上音，幫滂並明重唇音，非敷奉微輕唇音，精清從心邪齒頭，照穿狀審禪正齒，影曉喻匣是喉音，來日半舌半齒音，後習學者自分明。」

七音就是從九音歸納成：一、牙音；二、舌音（舌頭、舌上）；三、唇音（重唇、輕唇）；四、齒音（齒頭、正齒）；五、喉音；六、半舌音；七、半齒音。

「分九音法」之音係指子音（即聲母）。

3.三十六字母是一套代表唐、宋間漢語聲母系統符號，由唐末僧人守溫所創三十個字母演變而來，其組織觀念參考印度梵語字母的排列。

三十字母	端	透	定	泥	審	穿	禪	日	心	邪	照	精	清	從	喻
例字	丁	汀	亭	寧	昇	稱	乘	仍	修	囚	周	煎	千	前	延
古代漢音	dien	tien	diên	liên	sien	tsien	siên	jiên	siu	siû	chiu	chien	tsien	chiên	iên
例字	當	湯	唐	囊	傷	昌	常	穰	相	祥	章	將	槍	墻	羊
古代漢音	doŋ	toŋ	dôŋ	lôŋ	sioŋ	tsioŋ	siôŋ	jiôŋ	sioŋ	siôŋ	chioŋ	chioŋ	tsioŋ	tsiôŋ	iôŋ
例字	顛	天	田	年	申	嗔	神	仁	星	錫	征	尖	僉	蟾	延
古代漢音	dien	tien	diên	liên	sin	tsin	sîn	jîn	sieŋ	siék	chieŋ	chiam	tsiam	chiâm	iên

三十字母	見	溪	郡	疑	曉	匣	影	知	徹	澄	來	不	芳	並	明
例字	今	欽	琴	吟	馨	形	纓	張	倀	長	良	邊	偏	便	綿
古代漢音	kim	khim	kîm	gîm	hien	hiên	ieŋ	diaŋ	tiaŋ	diâŋ	liâŋ	pien	phien	piên	biên
例字	京	卿	擎	迎	呼	胡	烏	衷	蟲	隆	逋	鋪	蒲	模
古代漢音	kieŋ	khieŋ	kiêŋ	giêŋ	ch	ĥô	c	dioŋ	tioŋ	diôŋ	liôŋ	po	pho	pô	bô
例字	結	騫	謇	言	歡	桓	剜	貞	樫	呈	冷	賓	繽	頻	民
古代漢音	kiét	khien	kién	giên	huan	huân	uan	dieŋ	tieŋ	diêŋ	liêŋ	pin	phin	pîn	bîn

理論上有三十六字聲母：

「見溪郡疑，端透定泥，知徹澄娘，幫滂並明，非敷奉微，精清從心邪，照穿狀審禪，影曉喻匣，來日。」其實是聲母兼具陰陽清濁之分。

「分九音法」就是將三十六字聲母分為九組：

第一組「見、溪、郡、疑」四個字母是牙音；

第二組「端、透、定、泥」四個字母是舌頭音；

第三組「知、徹、澄、娘」四個字母是舌上音（註：古漢語無捲舌上音）；

第四組「幫、滂、並、明」四個字母是重唇音；

第五組「非、敷、奉、微」四個字母是輕唇音（註：古漢語無f，ㄈ輕唇音）；

第六組「精、清、從、心、邪」五個字母是齒頭音；

第七組「照、穿、狀、審、禪」五個字母是正齒音（註：古漢語無捲舌正齒音）；

第八組「影」字母是無聲母、「喻」字母代表無聲母和部分舌齒音、「曉、匣」兩個字母是喉音；

第九組「來」是半舌音、「日」是半齒音（註：古漢語無半捲舌之半齒音）。

1. 以第一組「見溪郡疑」為例，「見、溪、郡」是清聲母，而「疑」是濁聲母。

若不知古代漢語之學者根本無法解釋此三十六字所代表之真諦，多數現代漢語專家學者抱著「不知為不知」則避而不談，最離譜者竟然以當今「北京話」來解說，結果還是無法自圓其說，正如台語俗諺所云：「考倒師傅」。

三十六字母（代表某一類聲母之漢字）大約始於唐代，於北宋定型。但三十六字母並非純為聲母（音韻學之術語稱為質音或音素）代表功能，而是包含清濁聲調。

「見溪郡疑」以北京話發音分別為「ㄐㄧㄢˋ」、「ㄒㄧ」、「ㄐㄩㄣˋ」、「ㄧˊ」，很難理出其中相關聲母，若改以古代漢語（即台員河洛話）來發音可標注為「kièn，ㄍㄧㄝㄣˇ」、「khe，ㄎㄝ」、「kūn，ㄍㄨㄣ一」、「gî，ㄍˇㄧˊ」，就可理出相同聲韻，證實「見、溪、郡、疑」在唐宋時皆屬「k，ㄍ」聲母，以及台語之古老和典雅。

「k，ㄍ」聲母在現代音韻學稱為「顎音」，在「分九音法」中稱為牙音，係「牙」在古代漢語發「gâ，ㄍˇㄚˊ」，而「g，ㄍˇ」聲母就是「k，ㄍ」聲母之濁聲化（音韻學稱為「重氣聲」，即發濁聲時需出氣較重），「牙」在台語文讀音和古代漢語完全相同發「gâ，ㄍˇㄚˊ」、「牙」在台語口語音發「gê，ㄍˇㄝˊ」。

依音韻學之術語將「見、溪、郡、疑」之歸類分別敘述如下：

「見」為不送氣之清聲陰去調。

「溪」為【k，ㄍ】送氣之清聲陰平調（聲母由不送氣之【k，ㄍ】轉為送氣之【kh，ㄎ】）。

「郡」為不送氣之清聲陽去調。

「疑」為不送氣之濁聲陽平調。

　　由上述精細分析，顯現出四個字母之相同聲母以及個別代表性，可謂完美組合。

2.解析第二組「端透定泥」，「端、透、定」是清聲母，而「泥」是濁聲母。

　　第九組半舌音「來」也是濁聲母。

　　「端透定泥」以北京話發音分別為「ㄉㄨㄢ」、「ㄊㄡˋ」、「ㄉㄧㄥˋ」、「ㄋㄧˊ」，若改以古代漢語來發音可標注為：「duan，ㄉㄨㄢ」、「tɔ，ㄊㄛˋ」、「diēŋ，ㄉㄧㄝㄥ－」、「lê，ㄌㄝˊ」。

　　「端、透、定、泥」之歸類分別敘述如下：

　　「端」為不送氣之清聲陰平調。

　　「透」為【d，ㄉ】送氣之清聲陰去調（聲母由不送氣之【d，ㄉ】轉為送氣之【t，ㄊ】）。

　　「定」為不送氣之清聲陽去調。

　　「泥」「來」為不送氣之濁聲陽平調。

註　自唐代末期北方漢語胡化進入成長期，「泥」母之各字聲母由「l，ㄌ」鼻音化「n，ㄋ」，「泥」由「lê，ㄌㄝˊ」轉為「ㄋㄧˊ」，「寧」由「liêŋ，ㄌㄧㄝㄥˊ」轉為「ㄋㄧㄥˊ」，「囊」由「lôŋ，ㄌㄛㄥˊ」轉為「ㄋㄤˊ」，「年」由「liên，ㄌㄧㄝㄣˊ」轉為「ㄋㄧㄢˊ」。

日語之「雲泥」漢字發音為「うんでい」【undei】，而日語之成語「雲泥の差」其意即為「霄壤之別」。「泥」發「dei」同「dé，ㄉㄝˋ」就是保存在唐代所引進中古漢音之濁聲變化，在日語「ていtei」為清聲，對應之濁聲為「でいdei」，所以將「lei」轉為「dei」。

3.解析第三組「知徹澄娘」，「知、徹、澄」是清聲母，而「娘」是濁聲母。

　　「知徹澄娘」以北京話發音分別為「ㄓ」、「ㄔㄜˋ」、「ㄔㄥˊ」、「ㄋㄧㄤˊ」，「知、徹、澄」為舌上音即捲舌音。若改以古代漢語來發音可標注為「di，ㄉㄧ」、「tiét，ㄊㄧㄝㄊˋ」、「diên，ㄉㄧㄝㄥˊ」、「liân，ㄌㄧㄤˊ」，古漢語之「知、徹、澄」為舌尖音（非捲舌音）。

　　「知、徹、澄、娘」之歸類分別敘述如下：

　　「知」為不送氣之清聲陰平調。

　　「徹」為【d，ㄉ】送氣之清聲陰入調（聲母由不送氣之【d，ㄉ】轉為送氣之【t，ㄊ】）。

　　「澄」為不送氣之清聲陽平調。

　　「娘」為不送氣之濁聲陽平調。

　　茲引台語漢字之發音和三十六字母中「知、徹、澄」做對照說明，為清代錢大昕大師所指「古代漢語無舌上音」做歷史見證。

（註）
古人有時為配合聲韻必需再造轉聲母之同意字，「孃」字為最佳範例。「孃」為「娘」轉聲母之同意字，「孃」、「娘」以北京話發音為「ㄋㄧㄤˊ」，但在古漢語則有分別，「娘」發「liân，ㄌㄧㄤˊ」，而「孃」依集韻：「如陽切」則切如字「jî，ㄐㄧˊ」之聲母取「j，ㄐ」、陽字「iân，ㄧㄤˊ」之韻母取「iân，ㄧㄤˊ」，合音成「jiân，ㄐㄧㄤˊ」，「如」即為典型濁聲母。

所以「知徹澄娘」之「娘」字應發音如「孃」之「jiân，ㄐㄧㄤˊ」更加突顯在三十六字母中濁聲母之代表性。在此引日語之「孃」漢字發音「じょうjyou」為證，其濁聲母即在唐代所引進中古漢音之濁聲變化。

孔子曰：「禮失求諸野」，失落之古漢音在台語漳州音、日語漢字發音找到印證，「孃」在台語漳州音就是發「jiân，ㄐㄧㄤˊ」，「嬢」（北京話：罵架之意）在台語漳州音發「jián，ㄐㄧㄤˋ」，日語敬稱他人之女兒或尊稱小姐為「お嬢さん」發音「ō jyó sàng」，諸位讀者不知有否感慨或感動？

例字	三十六母	北京話（捲舌音）	古代漢語（同今之台語，非捲舌音）
知	知	ㄓ	di ㄉㄧ〔陰平調〕
先知【siēn-di，ㄒㄧㄝㄣ－ㄉㄧ】			
珍	知	ㄓㄣ	din ㄉㄧㄣ〔陰平調〕
山珍海味【sān-din hai-bī，ㄙㄢ－ㄉㄧㄣ ㄏㄞ ㆣㄧ－】			
中	知	ㄓㄨㄥ	diɔŋ ㄉㄧㆦㄥ〔陰平調〕
台中【dāi-diɔŋ，ㄉㄞ－ㄉㄧㆦㄥ】			
張	知	ㄓㄤ	diaŋ ㄉㄧㄤ〔陰平調〕 diuñ ㄉㄥㄧㄨ〔陰平調〕
（文讀音）開張【khāi-diaŋ，ㄎㄞ－ㄉㄧㄤ】 （口語音）姓張【séñ-diuñ，ㄙㄥㄝˋ ㄉㄥㄧㄨ】			
展	知	ㄓㄢˇ	dién ㄉㄧㄝㄣˋ〔陰上調〕
發展【huat-dién，ㄏㄨㄚㄊ ㄉㄧㄝㄣˋ】			
召	知	ㄓㄠˋ	diàu ㄉㄧㄠˋ〔陰去調〕
宣召【suān-diàu，ㄙㄨㄢ－ㄉㄧㄠˋ】			
卓	知	ㄓㄨㄛ	dók ㄉㆦㆤˋ〔陰入調〕 dóh ˙ㄉㆦ〔陰輕調〕
（文讀音）卓越【dɔk-uāt，ㄉㆦㆤㄨㄚㄊ－】 （口語音）姓卓【séñ-dóh，ㄙㄥㄝˋ ˙ㄉㆦ】			
啄	知	ㄓㄨㄛˊ	dók ㄉㆦㆤˋ〔陰入調〕
啄米【dɔk-bí，ㄉㆦㆤˋ ㆣㄧˋ】			
輟	知	ㄔㄨㄛˋ	duát ㄉㄨㄚㄊˋ〔陰入調〕
中輟【diɔ̄ŋ-duát，ㄉㄧㆦㄥ－ ㄉㄨㄚㄊˋ】			
朝	知	ㄓㄠ	diau ㄉㄧㄠ〔陰平調〕
今朝【kīm-diau，ㄍㄧㄇ－ ㄉㄧㄠ】			

（以上各字在古代漢語皆發不送氣之陰調清聲，陰平、陰上、陰去、陰入、陰輕調皆為陰調）。

例字	三十六母	北京話 （捲舌音）	古代漢語 （同今之台語，非捲舌音）
朝	澄	ㄔㄠˊ	diâu ㄅㄧㄠˊ〔陽平調〕
退朝【té-diâu，ㄊㄝˋ ㄅㄧㄠˊ】 （在古語可見diauㄅㄧㄠˊ之破音字diâuㄅㄧㄠˊ音質相同）			
澄	澄	ㄔㄥˊ	diêŋ ㄅㄧㄝㄥˊ〔陽平調〕
澄清【diēŋ-tsieŋ，ㄅㄧㄝㄥ－ㄑㄧㄝㄥ】			
沈	澄	ㄔㄣˊ	dîm ㄅㄧㄇˊ〔陽平調〕
深沈【tsīm-dîm，ㄑㄧㄇ－ㄅㄧㄇˊ】			
茶	澄	ㄔㄚˊ	dê ㄅㄝˊ〔陽平調〕
泡茶【pháu-dê，ㄅㄝˊ】			
除	澄	ㄔㄨˊ	dî ㄅㄧˊ〔陽平調〕 dû ㄅㄨˊ〔陽平調〕
（漳州腔）剪除【chien-dî，ㄐㄧㄝㄣ ㄅㄧˊ】 （廈門腔）剪除【chien-dû，ㄐㄧㄝㄣ ㄅㄨˊ】			
綢	澄	ㄔㄡˊ	dîu ㄅㄧㄨˊ〔陽平調〕
府綢【hu-dîu，ㄏㄨ ㄅㄧㄨˊ】			
鎚	澄	ㄔㄨㄟˊ	dûi ㄅㄨㄟˊ〔陽平調〕
鐵鎚【tí(h)-dûi，ㄊㄧˋ ㄅㄨㄟˊ】			
紂	澄	ㄓㄡˋ	diū ㄅㄧㄨ－〔陽去調〕
紂王【diù-ôŋ，ㄅㄧㄨˇㆦㄥˊ】			
墜	澄	ㄓㄨㄟˋ	dūi ㄅㄨㄟ－－〔陽去調〕
下墜【hà-dūi，ㄏㄚˇ ㄅㄨㄟ－－】			
陣	澄	ㄓㄣˋ	dīn ㄅㄧㄣ－〔陽去調〕
佈陣【pó-dīn，ㄅㆦˋ ㄅㄧㄣ－】			
治	澄	ㄓˋ	dī ㄅㄧ－－〔陽去調〕
醫治【ī-dī，ㄧ－ ㄅㄧ－－】			
姪	澄	ㄓˊ	dīt ㄅㄧㄠ－〔陽入調〕
姪也【dīt-á，ㄅㄧㄠ－ ㄚˋ】			
秩	澄	ㄓˋ	diēt ㄅㄧㄝㄠ－〔陽入調〕
秩序【dièt-sū，ㄅㄧㄝㄠˇㄙㄨ－】			
濁	澄	ㄓㄨㆦˊ	dāk ㄅㄚㄍ－〔陽入調〕
油濁【iū-dāk，ㄧㄨ－ ㄅㄚㄍ－】			

　　（以上各字在古代漢語皆發不送氣之陽調清聲，陽平、陽去、陽入調皆為陽調）。

例字	三十六母	北京話 （捲舌音）	古代漢語 （同今之台語，非捲舌音）
抽	徹	ㄔㄡ	tiu ㄊㄧㄨ〔陰平調〕
抽籤【tiū-tsiam，ㄊㄧㄨ－ㄑㄧㄚㄇ】			
撐	徹	ㄔㄥ	tieŋ ㄊㄧㄝㄥ〔陰平調〕 teñ ㄊㄥㄝ〔陰平調〕
（文讀音）支撐【chī-tieŋ，ㄐㄧ－ㄊㄧㄝㄥ】 （口語音）撐著【tēñ-diâu，ㄊㄥㄝ－ㄉㄧㄠˊ】			
褫	徹	ㄔˇ	tí ㄊㄧˋ〔陰上調〕褫奪
【ti-duāt，ㄊㄧˋ ㄉㄨㄚㄊ－】			
趁	徹	ㄔㄣˋ	tìn ㄊㄧㄣˋ〔陰去調〕 tàn ㄊㄢˋ〔陰去調〕
（文讀音）趁勢【tín-sè，ㄊㄧㄣˋ ㄙㄝˇ】 （口語音）討趁【to-tàn，ㄊㄛ ㄊㄢˋ】			
徹	徹	ㄔㄜˋ	tiét ㄊㄧㄝㄊˋ〔陰入調〕
徹底【tiet-dé，ㄊㄧㄝㄊ ㄉㄝˋ】			

　　（以上各字在古代漢語皆發送氣之陰調清聲，陰平、陰上、陰去、陰入調皆為陰調）。

4.解析第四組「幫滂並明」，「幫、滂、並」是清聲母，而「明」是濁聲母。

　　「幫滂並明」以北京話發音分別為「ㄅㄤ」、「ㄆㄤ」、「ㄅㄧㄥˋ」、「ㄇㄧㄥˊ」，若改以古代漢語來發音可標注為「paŋ，ㄅㄤ」、「phaŋ，ㄆㄤ」、「piěŋ，ㄅㄧㄝㄥˆ」、「biêŋ，ㆣㄧㄝㄥˊ」。

　　「幫滂並明」之歸類分別敘述如下：

　　「幫」為不送氣之清聲陰平調。

　　「滂」為【p，ㄅ】送氣之清聲陰平調（聲母由不送氣之【p，ㄅ】轉為送氣之【ph，ㄆ】）。

　　「並」為不送氣之清聲陽上調（在台語轉為陽去調）。

　　「明」為不送氣之濁聲陽平調（【p，ㄅ】之濁聲為【b，ㆣ】）。

5. **解析第五組「非敷奉微」，「非、敷、奉」是清聲母，而「微」是濁聲母。**

　　「非敷奉微」以北京話發音分別為「ㄈㄟ」、「ㄈㄨ」、「ㄈㄥˋ」、「ㄨㄟˊ」，「f，ㄈ」即輕唇音，「hu，ㄏㄨ」為重唇音（出氣較重）。

　　若改以古代漢語來發音可標注為「hui，ㄏㄨㄧ」、「hu，ㄏㄨ」、「hōŋ，ㄏㄛㄥㄧ」、「bî，ㄅˇㄧˊ」。

　　「非敷奉微」之歸類分別敘述如下：

　　「非」為出氣之清聲陰平調。

　　「敷」為出氣之清聲陰平調。

　　「奉」為出氣之清聲陽去調。

　　「微」為出氣之濁聲陽平調。

　　茲引台語漢字之發音和三十六字母中「非、敷、奉、微」做對照說明，為清代錢大昕大師所指「古代漢語無輕唇音」做歷史見證。

（註）清代乾隆年間漢學家錢大昕（1728－1804年）為通曉古代漢語聲母之大師及開路大先鋒，成為在當時第一位指出「古漢語無輕唇音」之學者，又指出「古代漢語無舌上音」（如ㄓ、ㄔ、ㄕ、ㄖ等捲舌音）。後學者根據錢大昕之推論和訓詁考證，終於還原古漢語之真面貌，而台語就是古漢語本尊之化石（化石是考古學之珍寶，同理，台語是音韻訓詁之現世活寶），台語、日語皆無輕唇音和捲舌音。近年來經筆者大聲疾呼「台語保存中古漢語甚至上古漢語」替台語討回公道，但是主張廢除漢字偏激者叫囂「台語無字」就是不承認「台語是漢語之正宗嫡傳」，實在可歎又可悲。

茲引錢大師所述「凡輕唇之音，古讀皆為重唇」來印證：

「古讀弗如不」，「弗、不」在台語皆發「pút，ㄅㄨㄊㄟˋ」。

「古讀文如門」，「文、門」在台語皆發「bûn，ㄅˇㄨㄣˊ」。

「古讀微如眉」，「微、眉」在台語皆發「bî，ㄅˇㄧˊ」。

「古讀無如模」，「無、模」在台語分別發「bô，ㄅˇㄛˊ」、「bô，ㄅˇㄛˊ」。

「古讀望如莊」，「望、莊」在台語分別發「bāŋ，ㄅˇㄤㄧ」、「bâŋ，ㄅˇㄤˊ」。

例字	三十六母	北京話（輕唇音）	漢唐中古音（同台語文讀音）	商周上古音（同台語口語音，重唇音）
斧	非	ㄈㄨˇ	hú ㄏㄨˋ	pó ㄅㄛˋ〔陰上調〕
斧正【hu-chièŋ，ㄏㄨˇㄐㄧㄜㄥˇ】、斧頭【po-tâu，ㄅㄛ ㄊㄠˊ】				
富	非	ㄈㄨˋ	hù ㄏㄨˇ	pù ㄅㄨˇ〔陰去調〕
財富【chāi-hù，ㄘㄞ－ㄏㄨˇ】、 狗來富【káu lâi pù，ㄍㄠˋ ㄌㄞˊ ㄅㄨˇ】				
拂	非	ㄈㄨˊ	hút ㄏㄨㄊˋ	pút ㄅㄨㄊˋ〔陰入調〕
拂塵【hut-dîn，ㄏㄨㄊ ㄅㄧㄅˊ】、拂塗【put-tô，ㄅㄨㄊ ㄊㄜˊ】				
飛	非	ㄈㄟ	hui ㄏㄨㄧ	pue ㄅㄨㄝ〔陰平調〕
飛機【hūi-ki，ㄏㄨㄧ－ㄍㄧ】、試飛【tsí-pue，ㄑㄧˋ ㄅㄨㄝ】				
痱	非	ㄈㄟˋ	hùi ㄏㄨㄧˇ	pùi ㄅㄨㄧˇ〔陰去調〕
「痱」無文讀音常用語，痱也【pui-á，ㄅㄨㄧㄚˋ】				
反	非	ㄈㄢˇ	huán ㄏㄨㄢˋ	piéŋ ㄅㄧㄝㄥˋ〔陰上調〕
造反【chò-huán，ㄗㄛˋ ㄏㄨㄢˋ】、麥搏反【tsiā-puàh-piéŋ， ㄑㄧㄚ－ㄅㄨㄚㄏˋ ㄅㄧㄝㄥˋ 鬧翻天】				
方	非	ㄈㄤ	hoŋ ㄏㄛㄥ	pŋ ㄅㄥ, paŋ ㄅㄤ〔陰平調〕
大方【dài-hoŋ，ㄉㄞˇ ㄏㄛㄥ】、姓方【séñ-pŋ，ㄙㄥㄝˋ ㄅㄥ】、 面四方【bīn sí-paŋ，ㄅㄧㄅ－ ㄙㄧˋ ㄅㄤ】				
放	非	ㄈㄤˋ	hòŋ ㄏㄛㄥˇ	pàŋ ㄅㄤˇ〔陰去調〕
釋放【siek-hòŋ，ㄙㄧㄝㄍ ㄏㄛㄥˇ】、 敨放【tau-pàŋ，ㄊㄠ ㄅㄤˇ】				
分	非	ㄈㄅ	hun ㄏㄨㄅ	pun ㄅㄨㄅ〔陰平調〕
幾分【kui-hun，ㄍㄨㄧ ㄏㄨㄅ】、 對分【dúi-pun，ㄉㄨㄧˋ ㄅㄨㄅ】				
糞	非	ㄈㄅˋ	hùn ㄏㄨㄅˇ	pùn ㄅㄨㄅˇ〔陰去調〕
糞土【hún-tó，ㄏㄨㄅˋ ㄊㄛˋ】、糞塗【pún-tô，ㄅㄨㄅˋ ㄊㄛˊ】				

　　（以上各字在古音發不送氣之陰調清聲，陰平、陰上、陰去、陰入調皆為陰調）

蜂	敷	ㄈㄥ	hɔŋ ㄏㄛㄥ	phaŋ ㄆㄤ〔陰平調〕
	蜂起【hɔ̄ŋ-khí，ㄏㄛㄥ－ ㄎㄧ˙】、 蜜蜂【bìt-phaŋ，ㆡㄧㄊˇ ㄆㄤ】			
芳	敷	ㄈㄤ	hɔŋ ㄏㄛㄥ	phaŋ ㄆㄤ〔陰平調〕
芬芳【hūn-hɔŋ，ㄏㄨㄣ－ ㄏㄛㄥ】、芳味【phāŋ-bì，ㄆㄤ－ ㆡㄧ－】				
紡	敷	ㄈㄤˇ	hóŋ ㄏㄛㄥˋ	phán ㄆㄤˋ〔陰上調〕
「紡」無文讀音常用語，紡紗【phaŋ-se，ㄆㄤ ㄙㆤ】				

（以上各字在古音皆發送氣之陰調清聲，陰平、陰上調皆為陰調）

浮	奉	ㄈㄨˊ	hû ㄏㄨˊ	phû ㄆㄨˊ〔陽平調〕
	漂浮【phiāu-hû，ㄆㄧㄠ－ ㄏㄨˊ】、 輕浮【khīn-phû，ㄎㄧㄣ－ ㄆㄨˊ】			
婦	奉	ㄈㄨˋ	hū ㄏㄨ－	pū ㄅㄨ－〔陽去調〕
主婦【chu-hū，ㄗㄨ ㄏㄨ－】、新婦【sīm-pū，ㄙㄧㄇ－ ㄅㄨ－】				
肥	奉	ㄈㄟˊ	hûi ㄏㄨㄧˊ	pûi ㄅㄨㄧˊ〔陽平調〕
肥美【hūi-bí，ㄏㄨㄧ－ ㆡㄧˋ】、施肥【sī-pûi，ㄙㄧ－ ㄅㄨㄧˊ】				
吠	奉	ㄈㄟˋ	hūi ㄏㄨㄧ－	pūi ㄅㄨㄧ－〔陽去調〕
	犬吠【khién hūi，ㄎㄧㆤㄣˋ ㄏㄨㄧ－】、 狗吠【káu pūi，ㄍㄠˋ ㄅㄨㄧ－】			
飯	奉	ㄈㄢˋ	huān ㄏㄨㄢ－	pŋ̄ ㄅㄥ－〔陽去調〕
「飯」無文讀音常用語，煮飯【chi-pŋ̄，ㄐㄧ ㄅㄥ－】				
房	奉	ㄈㄤˊ	hôŋ ㄏㄛㄥˊ	pâŋ ㄅㄤˊ〔陽平調〕
「房」無文讀音常用語，產房【san-pâŋ，ㄙㄢ ㄅㄤˊ】				
縫	奉	ㄈㄥˊ	hôŋ ㄏㄛㄥˊ	pâŋ ㄅㄤˊ〔陽平調〕
裁縫【tsāi-hôŋ，ㄘㄞ－ ㄏㄛㄥˊ】、縫衫【pāŋ-sañ，ㄅㄤ－ㄙㄥㄚ】				
縫	奉	ㄈㄥˋ	hōŋ ㄏㄛㄥ－	phāŋ ㄆㄤ－〔陽去調〕
「縫」無文讀音常用語，門縫【mŋ̄-phāŋ，ㄇㄥ－ ㄆㄤ－】				
伏	奉	ㄈㄨˊ	hɔ̄k ㄏㄛㄍ－	phāk ㄆㄚㄍ－〔陽入調〕
	埋伏【bāi-hɔk，ㆡㄞ－ ㄏㄛㄍ－】、 伏桌【phàk-dóh，ㄆㄚㄍˇ ˙ㄉㄛ】			
縛	奉	ㄈㄨˊ	hɔ̄k ㄏㄛㄍ－	pāk ㄅㄚㄍ－〔陽入調〕
	束縛【sɔk-hɔ̄k，ㄙㄛㄍ ㄏㄛㄍ－】、 捆縛【khun-pāk，ㄎㄨㄣ ㄅㄚㄍ－】			

（以上各字在古音皆發陽調清聲，陽平、陽去、陽入調皆為陽調）

微	微	ㄨㄟˊ	bî ㄍˇㄧˊ	bî ㄍˇㄧˊ〔陽平調〕	

細微【sé-bî，ㄙㄟˋ ㄍˇㄧˊ】

尾	微	ㄨㄟˇ	bí ㄍˇㄧˋ	búe ㄍˇㄨㄝˋ〔陰上調〕	

尾大不掉【bí dāi put-diāu，ㄍˇㄧˋ ㄉㄞ－ ㄅㄨㄊ ㄉㄧㄠ－】、
後尾【àu-búe，ㄠˇ ㄍˇㄨㄝˋ】

末	微	ㄨㄟˋ	bī ㄍˇㄧ－	būe ㄍˇㄨㄝ－〔陽去調〕	

未來【bì-lâi，ㄍˇㄧˇ ㄌㄞˊ】、末曾末【bùe-chiēŋ-būe，
ㄍˇㄨㄝˇ ㄐㄧㄝㄥ－ ㄍˇㄨㄝ－尚末】

無	微	ㄨˊ	bû ㄍˇㄨˊ	bô ㄍˇㄛˊ〔陽平調〕	

無比【bū-pí，ㄍˇㄨ－ ㄅㄧˋ】、有無【ū bô，ㄨ－ ㄍˇㄛˊ】

巫	微	ㄨˊ	bû ㄍˇㄨˊ	bû ㄍˇㄨˊ〔陽平調〕	

巫師【bū-su，ㄍˇㄨ－ ㄙㄨ】

武	微	ㄨˇ	bú ㄍˇㄨˋ	bú ㄍˇㄨˋ〔陰上調〕	

比武【pi-bú，ㄅㄧ－ㄍˇㄨˋ】

務	微	ㄨˋ	bū ㄍˇㄨ－	bū ㄍˇㄨ－〔陽去調〕	

實務【sìt-bū，ㄙㄧㄊˇ ㄍˇㄨ－】

文	微	ㄨㄣˊ	bûn ㄍˇㄨㄣˊ	bûn ㄍˇㄨㄣˊ〔陽平調〕	

斯文【sū-bûn，ㄙㄨ－ ㄍˇㄨㄣˊ】

吻	微	ㄨㄣˇ	bún ㄍˇㄨㄣˋ	bún ㄍˇㄨㄣˋ〔陰上調〕	

接吻【chiap-bún，ㄐㄧㄚㄅ ㄍˇㄨㄣˋ】

物	微	ㄨˋ	būt ㄍˇㄨㄊ－	būt ㄍˇㄨㄊ－〔陽入調〕	

禮物【le-būt，ㄌㄝ ㄍˇㄨㄊ－】

挽	微	ㄨㄢˇ	buán ㄍˇㄨㄢˋ	bán ㄍˇㄢˋ〔陰上調〕	

挽救【buan-kiù，ㄍˇㄨㄢ ㄍㄧㄨˇ】、
挽茶【ban-dê，ㄍˇㄢ ㄉㄝˊ採茶】

晚	微	ㄨㄢˇ	buán ㄍˇㄨㄢˋ	buán ㄍˇㄨㄢˋ〔陰上調〕	

晚年【buan-liên，ㄍˇㄨㄢ ㄌㄧㄝㄣˊ】

網	微	ㄨㄤˇ	bóŋ ㄍˇㄛㄥˋ	bāŋ ㄍˇㄤ－〔陽去調〕	

入網【jìp-bóŋ，ㄐㄧㄅˇ ㄍˇㄛㄥˋ】、
拋網【phā-bāŋ，ㄆㄚ－ㄍˇㄤ－撒網】

（以上各字在古音皆發b，ㄍˇ濁聲母，在北京話失去聲母、只存韻母）

6.解析第六組「精清從心邪」，「精、清、從、心、邪」皆為清聲母，而第九組半齒音之「日」是濁聲母。

「精清從心邪」及「日」以北京話發音分別為「ㄐㄧㄥ」、「ㄑㄧㄥ」、「ㄘㄨㄥˊ」、「ㄒㄧㄣ」、「ㄒㄧㄝˊ」、「ㄖˋ」，若改以古代漢語來發音可標注為「chieŋ，ㄐㄧㄝㄥ」、「tsieŋ，ㄑㄧㄝㄥ」、「chiôŋ，ㄐㄧㄥㄥˊ」、「sim，ㄙㄧㄇ」、「siâ，ㄙㄧㄚˊ」、「jīt，ㄐˇㄧㄊ」。（【chi，ㄐㄧ】之濁聲為【ji，ㄐˇㄧ】）

「精清從心邪」之歸類分別敘述如下：

「精」為不送氣之清聲陰平調。

「清」為【ch，ㄐ】送氣之清聲陰平調（聲母由【ch，ㄐ】不送氣之轉為送氣之【ts，ㄑ】）。

「從」為不送氣之清聲陽平調。

「心」為摩擦之清聲陰平調。

「邪」為摩擦之清聲陽平調。

「日」為不送氣之濁聲陽入調。

7.解析第七組「照穿狀審禪」，「照、穿、狀、審、禪」皆為清聲母。

「照穿狀審禪」以北京話發音分別為「ㄓㄠˋ」、「ㄔㄨㄢ」、「ㄓㄨㄤˋ」、「ㄕㄣˇ」、「ㄔㄢˊ」（皆為舌上音即捲舌聲母）。若改以古代漢語來發音可標注為「chiàu，ㄐㄧㄠˇ」、「tsuan，ㄘㄨㄢ」、「chɔŋ，ㄕㄛㄥ一」、「sím，ㄙㄧㄇˋ」、「siên，ㄙㄧㄝㄣˊ」。

「照穿狀審禪」之歸類分別敘述如下：

「照」為不送氣之清聲陰去調。

註）日語「しshi」之濁聲為「じzi」、「ちchi」之濁聲為「ぢji」，但在實際上「じzi」之發音和「ぢji」之發音完全相同，習慣上假名用「じ」、拼音用「ji」。

「穿」為【ch，ㄗ】送氣之清聲陰平調（聲母由【ch，ㄗ】不送氣之轉為送氣之【ts，ㄘ】）。

　　「狀」為不送氣之清聲陽去調。

　　「審」為摩擦之清聲陰上調。

　　「禪」為摩擦之清聲陽平調。

8. 解析第八組「影曉喻匣」，「影、曉、匣」是清聲母，而「喻」是濁聲母。

　　「影曉喻匣」以北京話發音分別為「ㄧㄥˇ」、「ㄒㄧㄠˇ」、「ㄩˋ」、「ㄒㄧㄚˊ」，若改以古代漢語來發音可標注為「iéŋ，ㄧㄝㄥˋ」、「hiáu，ㄏㄧㄠˋ」、「jū，ㄐㄨˉ」、「hāp，ㄏㄚㄅㄧ」。

　　「影曉喻匣」之歸類分別敘述如下：

　　「影」為陰上調之空聲母（無聲母之字母，即無子音之字母）。

　　「曉」為清聲陰上調之喉音（h，ㄏ）。

　　「喻」為濁聲陽去調之舌齒音。

　　「匣」為清聲陽入調之喉音（h，ㄏ）。

　　所以「曉」及「匣」方為真正喉音（h，ㄏ）。

第十章、字形、聲韻方面重要古籍

　　《康熙字典》在字意方面引用書籍出處最多者為「說文解字」，在聲韻方面主要引用「唐韻」、「廣韻」、「集韻」、「韻會」、「正韻」等古書，字形另外再考「玉篇」、「類篇」等。茲簡介上述古代重要書籍如下：

一、《說文解字》

　　東漢之許慎以楷書體字解釋小篆體字，三十卷，為文九千三百五十三文，解說凡十三萬三千四百四十一字。以小篆分五百四十部。分立部首，以字相從，依六書析說各得音得義之所以然。為漢字解釋字形書籍之祖，亦為漢字第一部字典。

　　原著者為東漢之許慎，汝南召陵人，紹博學經籍，舉孝廉，官至太尉南閣祭酒。說文解字十四篇，合目錄一篇共十五篇。北宋徐鉉（初仕南唐，隨李後主歸宋）受詔和句中正等同校定說文解字，以原著篇帙繁重，故分十五卷各為上、下，合計三十卷，是稱大徐本，目前在書店可購得新編版本。（徐鉉和徐鍇俱以文名，號大小二徐。）

二、《玉篇》

按漢字形體分部編排之字書。南朝梁武帝大同九年（公元543年）太學博士顧野王撰。顧野王（公元519～581年）字希馮，顧烜之子，吳郡吳人。入陳為國學博士，黃門侍郎。《玉篇》卷首有野王自序和進《玉篇》啟，此書係奉命而作，呈予梁武帝之子蕭繹。

唐代封演《聞見記》稱《玉篇》「凡一萬六千九百一十七字」。今日所見《玉篇》版本係宋真宗大中祥符六年（公元1013年）陳彭年等重修。唐代上元間孫強之增字本，收錄22561字，比封演所記之數目多五千六百餘字，而註解大有刪削，已非原本之舊貌。顧野王原本在宋代已亡佚，只有日本尚存一部分傳寫本。原本分30卷，日本現在所存有卷八、卷九、卷十八、卷十九、卷二十二、卷二十四、卷二十七等幾卷，其中除卷二十二、卷二十七不缺字以外，其餘皆為缺字之殘卷，共存62部之2052字，相當原書之1/8強。上述各卷於唐代時日本所派遣之留學生和僧人（日本稱為遣唐使〔けんとうしkentoushi〕）帶回日本之原書抄本，此等抄本皆為稀有珍藏秘籍。

依顧野王之原本來看，每字下不僅註明字義，而且舉出見於古籍之例證和前人之註解，先經傳，後子史文集，最後是字書、訓詁書、極其詳備，字有異體也分別註明，跟今本大不相同。

顧野王於自序中曰：「六書、八體，今古殊形。或字各而訓同，或文均而釋異，百家所談，差互不少。字書卷軸，舛錯尤多，難用尋求，易生疑惑。猥承明命，預纘過庭，總會眾篇，校讎群籍，以成一家之制，文字之訓以備，」此乃說明所作《玉篇》之宗旨為綜合眾書，辨別形體意義之異同，網羅訓釋，以成一家之言。可惜後來經過孫強增刪，又經陳彭年等重修，原書體列已大幅改變。

今本《玉篇》有宋代版本，又有元代版本。宋代版本有清代張士俊「澤存堂刻本」和曹寅「揚州詩局刻本」，元代版本有《四部叢刊》影印本。宋代版本卷首在野王序和進書啟之後有「神珙反紐圖」及「分毫字樣」，而元代版本多《玉篇廣韻指南》一卷。宋代版本註文繁富，而元代版本則大部分減略，排比整齊，因而部中字之排列次第和宋代版本不相同，現今通常應用張士俊「澤存堂刻本」。

註 「八體」指秦代文字之八種體式。八體之名見於東漢許慎《說文解字・敘》，許慎：「秦書有八體，一曰大篆（dài-duān，ㄉㄞˋ ㄉㄨㄢ－），二曰小篆（siau-duān，ㄙㄧㄠ ㄉㄨㄢ－），三曰刻符（khiek-hû，ㄎㄧㄝˋ ㄍㄏㄨˊ），四曰蟲書（diō-su，ㄉㄧㄛㄥ－ ㄙㄨ），五曰摹印（bō-ìn，ㄅㄛˉ ㄧㄅˋ），六曰署書（su-su，ㄙㄨ ㄙㄨ），七曰殳書（sū-su，ㄙㄨ－ ㄙㄨ），八曰隸書（lè-su，ㄉㄝˇ ㄙㄨ）。」
大篆是春秋戰國時期秦國使用之篆書，《說文解字》中所錄之籀文即大篆。小篆是在秦始皇統一天下之後將大篆略有改變，去其繁複而成之字體。如秦代之泰山刻石、琅邪刻石。蟲書也稱為鳥蟲書，是在文字上作出鳥形、蟲形圖案。隸書係解散篆書而成之一種字體。刻符則刻在符節上，摹印是摹寫在璽印上，署書是題在封簽扁額上，殳書是鑄刻再兵器上。大篆、小篆、蟲書、隸書為四種字形結構不同之文字，刻符、摹印、署書、殳書為用於不同器物上之四種各有特殊形體之文字。

三、《類篇》

一部按「部首」編排的字書。宋仁宗寶元二年（公元1039年）十一月丁度等奏稱：「今修《集韻》，添字既多，和顧野王所作之《玉篇》不相參協，欲乞委「修韻官」將新韻添入，別為《類篇》，和《集韻》相副施行。」仁宗命王洙、胡宿、掌禹錫、張次立等人相繼修纂，至英宗治平三年（公元1066年）由司馬光接代，業已成書，治平四年繕寫成功，將《類篇》呈上予朝廷。舊稱司馬光撰，實際只是由司馬光整理成書而已。

《集韻》於仁宗景祐四年（公元1037年）命丁度、宋祁等開始修纂，至英宗治平四年同為司馬光編定成書。《集韻》按韻編字，《類篇》接部首編字，兩書相輔而行。《類篇》依據《說文解字》分為14篇，又目錄1篇，共15篇。每篇又各分上、中、下，合為45卷。全書部首為540部，和《說文解字》相同，部首排列之次序變動極少。本書係直接承續《說文解字》和《玉篇》之一部字書，所收字數31319字，比《玉篇》增多一倍。《集韻》遺漏之字亦皆儘量收入，但《集韻》書中冗雜之重文即不盡採錄，體例比較嚴謹。每字下先列「反切」，後出訓解；如果字有異音異義，則分別舉出，可與《集韻》相印證。且書中收有唐宋之間所產生之字不少，為研究文字發展之重要參考資料。舊刻有清代曹寅所刻《棟亭五種本》，現在通用者為後來姚覲元之翻刻本，即一般所稱之《姚刻三韻本》。

四、《切韻》

重要韻書，隋代陸法言著。隋文帝開皇初年，顏之推[1]、蕭該、劉臻、魏淵、盧思道、李若、辛德源、薛道衡等八人和陸法言討論音韻學，一致認為四方聲調分歧很大，南北用韻不同，以前諸家韻書，定韻缺乏標準，都有錯誤，故商量古今南北音韻之同異，多數由顏之推、蕭該做決定。陸法言記錄諸人議論要旨，經過陸法言本人多年斟酌，於公元601年寫成《切韻》五卷。本書將聲韻歸納分類（即通稱之分韻），為漢語音韻學奠定基礎[2]。

《切韻》原書已經失傳，20世紀初以來陸續發現了不少唐及五代之抄寫本和刻印本。雖多為一些增訂本之殘卷和殘頁，但藉此可以瞭解本書之基本編法和內容。

據清代卞永譽（公元1645～1712年）《式古堂書畫彙考》卷八所載孫愐《唐韻序》所述，《切韻》收錄11500字，全書5卷，共分193韻。分韻之標準除了韻母本身之差別以外，還考慮到聲調因素，同一個韻母，聲調不同因而分成不同韻。193韻之分配為平聲54韻，上聲51韻，去聲56韻，入聲32韻。平上去三聲各韻都按一定順序排列，相承不亂。只有入聲之一部分韻出現了參差，順序和相應之平上去聲不相配。從韻數和未亂之韻次上可以看出入聲配陽聲，不配陰聲。

註

1. 顏之推在顏氏家訓音辭篇中敘述當時南北朝語音之主流：「冠冕君子，南方為優；閭里小人，北方為愈。」就是指南方士大夫和北方平民百姓所言者為道地漢語正音，而北方士大夫和南方平民百姓所言者非正統漢語。因北方在西晉末年五胡亂華以後所成立之政權由胡人當家，士大夫多為胡人，最初所言者為胡語，後來漸有胡人學漢語，此為漢語胡化之開啟，漢語正音則留存於民間。晉朝衣冠士族南下渡過長江，南方當地平民百姓為吳人，所言者為吳語，純粹漢語只留存於來自中原之王公及士族。
2. 北魏官方正式下令胡人學漢語。
   北魏孝文帝於遷都《洛陽》當年、太和十八年（公元494年）下詔開始進行漢化，其重要措施中有一項有關推行漢語政策就是『禁胡語』，太和十九年六月「詔不得以北俗之語、言於朝廷、若有違者、免所居官」。當此詔下後，宗室反對甚力，而孝文帝亦深知困難、曾說：「今欲斷北語、一從正音、年三十以上、習性已久、容或不可卒革」然孝文帝卻堅持原則，繼續推行漢化政策。
   「斷北語」即凡是官員三十歲以下者都必須斷絕說來自北方之胡語──「鮮卑語」，下令學漢語、講漢語，如果仍然繼續說鮮卑語之官員就免其官職。

各韻之內列字按同音關係分成小組。此類小組後來通稱小韻。小韻首字下用反切註出本小韻之讀音，並註明本小韻之字數。字之訓釋皆極為簡略，常用字大多不加訓釋。註文中各項內容之順序早期寫本一般是：「訓釋」、「反切」、「又音」、「字數」。「反切」和「字數」兩項只見於小韻首字之下；「又音」則只屬於所註之字，和同小韻其餘之字無關。小韻之排列並無固定順序。

五、《唐韻》

《唐韻》係《切韻》之增修本，為唐代孫愐作，時間約在唐玄宗開元二十年（公元732年）之後。因定名為《唐韻》，曾獻給朝廷，所以雖是私人著述，卻帶有官方文書性質，比起較它早出之王仁昫《刊謬補缺切韻》更為著名。《東齋記事》曰：「自孫愐集為《唐韻》，諸書遂廢。」但原書已不存在。據清代卞永譽《式古堂書畫彙考》所錄唐元和年間《唐韻》寫本之序文和各卷韻數之記載，全書5卷，共195韻，和王仁昫《切韻》同，上、去二聲皆比陸法言《切韻》多一韻。不過從卞永譽所錄《唐韻》序文中所記載之《唐韻》收字、加字之數目看，又不像是根據王仁昫《切韻》所編修。《唐韻》對字義之訓釋既繁密又有出處憑據對字體偏旁點畫亦極考究，使得韻書更加具有字典性質，此乃《唐韻》更加受人重視之一大原因。

六、《廣韻》

《廣韻》現存一部重要韻書，全名**《大宋重修廣韻》**，為現今研究漢語（尤其是台語）聲韻或音韻之必備及最重要經典。

《廣韻》在宋真宗大中祥符元年（公元1008年）陳彭年、丘雍等人奉詔根據前代《切韻》、《唐韻》等韻書修訂而成。《廣韻》係宋代官方修定之音韻，成為歷代第一部官修韻書，由於《廣韻》繼承了《切韻》、《唐韻》之音系和反切，至清代《切韻》、《唐韻》完整抄寫

原版或刻印版已亡佚失傳，《廣韻》就成為研究古代漢語音韻之重要寶典。陳澧（公元1810～1882年，中國清代音韻學家，廣東番禺人）作《切韻考》係依據《廣韻》，瑞典漢學家高本漢（Karlgren，Klas Bernhard Johannes 公元1889～1978年，以研究古漢語著名，《漢語解析詞典》〈1923〉為其代表作）研究中國隋唐時代《切韻》所代表之中古漢音，所依據之韻書為《廣韻》。由此可看出《廣韻》一書之重要性。

　　《大宋重修廣韻》共分5卷，平聲分上下2卷，上、去、入聲各1卷。韻類韻母分206韻，包括平聲57韻（上平聲28韻，下平聲29韻）；上聲55韻；去聲60韻；入聲34韻。《廣韻》206韻中有193韻和陸法言《切韻》分韻相同，有2韻和王仁昫《刊謬補缺切韻》增加者相同（即增加上聲儼韻，去聲釅韻），有11韻和蔣斧印本《唐韻》增加者相同（據合理推測，蔣斧印本《唐韻》從「真」韻分出「諄」，從「軫」韻分出「準」，從「震」韻分出「稕」，從「質」韻分出「術」，從「寒」韻分出「桓」，從「旱」韻分出「緩」，從「翰」韻分出「換」，從「曷韻」分出「末」，從「歌」韻分出「戈」，從「哿」韻分出「果」，從「箇」韻分出「過」），《廣韻》和《切韻》、《唐韻》之韻目用字略有改變。

韻別	北京話	古漢音（注音符號）	（國際音標）	〔調別〕
真、諄	ㄓㄣˋ ㄓㄨㄣ	ㄐㄧㄣ、ㄗㄨㄣ	chin，chun	〔陰平調〕
軫、準	ㄓㄣˇ ㄓㄨㄣˇ	ㄐㄧㄣˋˋ、ㄗㄨㄣˋ	chín，chún	〔陰上調〕
震、稕	ㄓㄣˋ、 ㄓㄨㄣˋ	ㄐㄧㄣˇ、ㄗㄨㄣˇ	chìn，chùn	〔陰去調〕
質、術	ㄓˋˋ、 ㄕㄨˋ	ㄐㄧㄊˋˋ、ㄙㄨㄊ-	chít，sūt	〔陰、陽入調〕
寒、桓	ㄏㄢˊ、 ㄏㄨㄢˊ	ㄏㄢˊˊ、 ㄏㄨㄢˊ	hân，huân	〔陽平調〕
旱、緩	ㄏㄢˋ、 ㄏㄨㄢˇ	ㄏㄢˇˇ、 ㄏㄨㄢˇ	hǎn，huǎn	〔陽上調〕

翰、換	ㄏㄢˋˋ ㄏㄨㄢˋ	ㄏㄢ一ˋ ㄏㄨㄢ一	hān , huān	〔陽去調〕
曷、末	ㄏㄜˊˋ ㄇㄜˋ	ㄏㄚㄊ一ˋ ㄅˊㄨㄚㄊ一	hāt , buāt	〔陽入調〕
歌、戈	ㄍㄜ、ㄍㄜ	ㄍㄛˋ、ㄍㄛ	ko , ko	〔陰平調〕
哿、果	ㄍㄜˇˋ ㄍㄨㄜˇ	ㄍㄛˇ、ˋ ㄍㄛˋ	kó , kó	〔陰上調〕
箇、過	ㄍㄜˋˋ ㄍㄨㄛˋ	ㄍㄛˇˋ ㄍㄛˇ	kò , kò	〔陰去調〕

「震、旱、緩」在台語文讀音分別為：

「震」發「ㄐㄧㄣˋ , chín」，「旱」發「ㄏㄢ一 , hān」，「緩」發「ㄏㄨㄢ一 , huān」；「震」由陰去調轉為陰上調，「旱」、「緩」皆由陽上調轉為陽去調。

《廣韻》206韻分列上平、下平、上、去、入五卷之內，每一個聲調中每一個韻部和其他聲調中相應的韻部，有一定的搭配關係。入聲韻只和有鼻音韻尾的陽聲韻相配，陰聲韻部都有平上去，全書平上去韻數不等；陽聲類韻數與入聲韻數也不相符。這是因為去聲泰、祭、夬、廢4韻都沒有平上入聲相配，所以多出4韻；「冬」韻、「臻」韻的上聲，「臻」韻的去聲，「痕」韻的入聲，字數都極少，附見於鄰近的韻，沒有單獨列出韻目來。

韻別	北京話	古漢音 （注音符號）	（國際音標）	〔調別〕
泰	ㄊㄞˋ	ㄊㄞˇ	tài	〔陰去調〕
祭	ㄐㄧˋ	ㄗㄝˇ	chè	〔陰去調〕
夬	ㄍㄨㄞˋ	ㄍㄨㄞˇ	kuài	〔陰去調〕
廢	ㄈㄟˋ	ㄏㄨㄝˇ	huè	〔陰去調〕
冬	ㄉㄨㄥ	ㄉㄛㄥ	dɔŋ	〔陰平調〕
臻	ㄓㄣ	ㄐㄧㄣ	chin	〔陰平調〕
痕	ㄏㄣˊ	ㄏㄨㄣˊ	hûn	〔陽平調〕

《廣韻》206韻，如不計算聲調，以「東、董、送、屋」為一韻，「支、紙、寘」為一韻，用平聲包括上去入三聲，那麼平聲57韻，再加上沒有平上入相配的那4個去聲韻，實際上只有61韻。如果把34個入聲韻獨立出來，則共有95韻。若在細分，韻數還可分得更多。

韻別	北京話	古漢音（注音符號）	（國際音標）	〔調別〕
東	ㄉㄨㄥ	ㄉㄛㄥ	dɔŋ	〔陰平調〕
董	ㄉㄨㄥˇ	ㄉㄛㄥˋ	dɔ́ŋ	〔陰上調〕
送	ㄙㄨㄥˋ	ㄙㄛㄥˇ	sɔ̀ŋ	〔陰去調〕
屋	ㄨ	ㄛㄍˋ	ɔ́k	〔陰入調〕
支	ㄓ	ㄐㄧ	chi	〔陰平調〕
紙	ㄓˇ	ㄐㄧˋ	chí	〔陰上調〕
寘	ㄓˋ	ㄐㄧˇ	chì	〔陰去調〕

《廣韻》所收字數，較以前韻書增加許多。據其卷首記載，共收26194字，註解文字191692個，明代邵光祖《切韻指掌圖檢例》曰：「按《廣韻》凡二萬五千三百字，其中有切韻(指反切)者三千八百九十文」，即有小韻3890個。近年有人統計，《廣韻》之小韻實際達3700多個。總之，《廣韻》之韻數、小韻數、字數皆比以前韻書增加。此為當然，《廣韻》名稱本來就有增廣隋唐韻書之意。

七、《集韻》

《集韻》為《廣韻》之增修本。宋仁宗景祐四年（公元1037年），即《廣韻》頒行後31年，宋祁、鄭戩上書皇帝批評《廣韻》：「多用舊文，繁省失當，有誤科試。」（李燾《說文解字五音譜敘》）在同時，賈昌朝亦上書批評宋真宗景德年間所編之《韻略》「多無訓釋，疑混聲、重疊字，舉人誤用。」（王應麟《玉海》）宋仁宗令丁度等人重修這兩部韻書，《集韻》在仁宗寶元二年（公元1039年）完稿，因同年頒行，故又稱《寶元集韻》。

《集韻》分韻之數目和《廣韻》全同，只是韻目用字，部分韻目之次序和韻目下面所註之「同用、獨用」規定稍有不同。尚有許多字，《集韻》和《廣韻》並非收在同一個韻部裡，如「因」，《廣韻》在「真」韻，《集韻》在「諄」韻；「多」，《廣韻》在「歌」韻，《集韻》在「戈」韻等。此外，字之又音（如破音字），《集韻》比《廣韻》增加許多。

但《集韻》和《廣韻》主要不同之處還在於《集韻》收字多，而所收之異體字特別多，一個字不管有多少不同款式寫法。不論正體，還是古體、或體、俗體，有些字竟多到八、九個寫法。《集韻》共收53525字，比《廣韻》多收27331字。缺點是對字之來源不加說明，不過字訓以《說文解字》為根據反切，多採自《經典釋文》，《集韻》此本韻書亦稱得上一本頗具參考價值之好書。

八、《禮部韻略》

《禮部韻略》為《廣韻》、《集韻》之簡略本，和《集韻》皆為宋仁宗景祐四年（公元1037年）由丁度等人奉命編寫。《集韻》成書稍晚兩年，《禮部韻略》在景祐四年當年已完成，此書為宋真宗景德《韻略》之修訂本。由於它在收字及「字」之註釋方面專注於科舉考生應試常用者，較《廣韻》、《集韻》簡略，所以稱為《韻略》。又由於它是當時考官和應考學生所共同遵守之官韻，而官韻自唐代開元以來就由主管考試之禮部頒行，所以取名為《禮部韻略》。《禮部韻略》只收9590字，仍為206韻。和《集韻》相同，在韻目下面所註「獨用、通用」之規定已與《廣韻》不同，但對以後韻書中「韻部之併合、韻部數目之減少」卻有極大影響，然其原本已不存在。

九、《韻會》

　　為《廣韻》之併韻本。黃公紹（南宋度宗咸淳元年〔公元1265年〕進士）編作。全書三十卷，併廣韻之206韻為106韻，亦即分成106部，平聲上下各15部，上聲29部，去聲30部，入聲17部，係承平水人劉淵所創之平水韻。《韻會》亦稱《古今韻會》，完整原本至今已不存在，康熙字典各字之反切，取自《韻會》者不少。

十、《平水韻》

　　指南宋淳祐十二年（公元1252年）劉淵刻印之《壬子新刊禮部韻略》。因刻書地點在平水（今之山西臨汾）而得名。此書將《廣韻》韻目下所註押韻時可同用之韻加以合併，並將去聲「證（chièŋ，ㄐㄧㄝㄥˇ）、嶝（dièŋ，ㄅㄧㄝㄥˇ）」兩韻併入「徑（kièŋ，ㄍㄧㄝㄥˇ）」韻，共得107韻。元代黃公紹、熊忠《古今韻會舉要》之根據即為此書。另指將107韻改為106韻一派之韻書，此乃將上聲「拯（chiéŋ，ㄐㄧㄝㄥˋ）、等（diéŋ，ㄅㄧㄝㄥˋ）」兩韻併入「迥（kiéŋ，ㄍㄧㄝㄥˋ）」韻之結果。據錢大昕《十駕齋養新錄》五說，此類韻書最先始於王文郁之《平水韻略》（1223年），以後詩韻，例如《佩文詩韻》等皆屬此派。

　　平水韻影響後世頗大。一方面文人以它為作詩用韻之標準，現今作舊體詩詞者，仍舊遵用。另一方面清代編纂許多工具書，如《佩文韻府》、《經籍纂詁》等等，皆按平水韻順序排列，因此擴大使用平水韻之範圍。

註　《集韻》收53525字比《廣韻》收26194字，多27331字。

十一、《中原音韻》

元代周德清為北曲協韻而作之韻書，成書於公元1324年。全書分為《韻譜》和《正語作詞起例》兩部分。《韻譜》按照北曲作品實際用韻情況和大都（元代京都，即今之北京）之實際語音（北京話定型之起源）系統建立新韻部，設東鐘、江陽、支思、齊微、魚模、皆來、真文、寒山、桓歡、先天、蕭豪、歌戈、家麻、車遮、庚青、尤侯、侵尋、監咸、廉纖等19韻部。它一反過去音韻分平、上、去、入四聲之舊規，首創「平分陰陽，入派三聲」新制；每韻部內均按陰平、陽平、上、去四聲（即現今北京話四聲之起源）排列，把入聲字分別附於三聲之尾（證明當時北方漢語已胡化定型，民間口語音已失入聲），在漢語音韻學史上是一次重大轉變。此書問世後，北曲作品之創作和演唱多以它為北京話正音咬字之依據，後來南曲亦漸受其影響，明清兩代雖有一些學者對它提出某些異議，但同期間出現之數十部曲韻著作都未能跳出《中原音韻》之窠臼。另外，此書對於現代北京話之成音可做引證。

《中原音韻》現存主要版本有：元代刻本、明代程明善輯《嘯餘譜》卷六所收本、清代《古今圖書集成‧文學典》所收本、清《四庫全書》集部所收本等。

十二、《洪武正韻》

係明太祖洪武八年（公元1375年）樂韶鳳、宋濂等11人奉詔編成之一部官韻。共16卷，從編輯人員之籍貫來看，絕大多數是南方人，但宋濂所作序文中曰：「《洪武正韻》一以中原雅音為定。」序文中批評《禮部韻略》之韻部「有獨用當並為通用者，如東冬清青之屬，亦有一韻當析為二韻者，如虞模麻遮之屬」。編者根據中原雅音，將舊韻歸併分析之後，共得平、上、去聲各22部，入聲10部，共76部。《洪武正

韻》歸併舊韻，不同於劉淵等人只將所有韻部合併在一起，而是將每一個字都重新歸類。

《洪武正韻》既以中原雅音為根據，對舊韻之反切亦不能不加以改變，根據劉文錦之研究《洪武正韻聲類考》（中央研究院歷史語言研究所《集刊》）中提到：「《洪武正韻》之紐部為31類，清紐、濁紐之界限分明」。研究者發現了一個問題：同是根據中原之語音，較《洪武正韻》早出五十一年之《中原音韻》只分陰陽，不分清濁，又取消入聲韻部，一概「派入三聲」（將入聲分別轉列為平、上、去三聲）；為何剛過了五十一年，《洪武正韻》裡又有了濁音、入聲？此乃反映出《洪武正韻》既重視當時中原之實際語音，收錄《中原音韻》口語音，又考慮到南方人讀書之文言音中尚存入聲，所以恢復入聲，不採取周德清「入派三聲」作法。羅常培認為14世紀前後，北方並行兩種發音系統：「一為代表官話，一代表民間方言；亦可說是一為讀書音，一為講話音」《中原音韻》反映方言即講話音（口語音），《洪武正韻》反映官話即讀書音（文讀音），所以兩者有同有異。《洪武正韻》在明代屢次翻刻，影響很大；但清代對此書卻刻意輕視（滿清滅明代，當然更貶明太祖時所編之正韻），不再翻刻。

註　明太祖朱元璋濠州（今安徽鳳陽）人，建都於南京，當時主政為官者以南方人士居多，科舉所用官韻仍保有中古漢音之入聲。而北方民間所通行者為胡化漢語已失入聲，所以《中原音韻》即印證北方民間口語音已失入聲。以現今術語來形容：「明初官話（似今之國語）為中古漢語（似今之台語），民間方言為胡化漢語（似今之北京話）」，風水輪流轉，「昔日官話在現今被貶為方言，昔日方言在現今被尊為國語、官話」，實在令人感慨萬千。

第十一章、以台語古音解讀古文

一、《論語》和《孟子》

　　古代典籍以四書最為普遍，在台灣高中國文課程亦將《論語》和《孟子》各篇選取部分列入教材，由於文句中之用詞發音和涵義皆為上古東周之語音及語意，已和北京話大不相同，因此用北京話無法解析部分詞意，而台語仍然保存不少上古時代之之語音及語意，所以遇到北京話無法解析部分，改用台語發音必可迎刃而解。茲引下列經文為證。

　　《論語・為政篇》：「汝得人焉爾乎是也。」句中之「汝」就是「你」之借音字，在上古兩字同音，台語皆發【li，ㄌㄧˋ】。整句用台語標音：

　　【li-dit-jîn an-ne hɔ̀ sī à，ㄌㄧ ㄅㄧㄤ ㄐˇㄧㄣˊ ㄢ ㄋㄝ ㄏɔˋ ㄙㄧㄧㄚˇ】

　　《孟子・梁惠王篇（三）》梁惠王曰：「寡人之於國也，盡心焉耳矣！」句中之「焉耳」在北京話無此白話語詞，於是創造了文言文一詞，以免失顏面。其實「焉爾」、「焉耳」在台語是最常用之口語，正確發音為【an-ne，ㄢ ㄋㄝ 或an-ni，ㄢ ㄋㄧ】，如果懂得台語將字音發出來就知其意，根本不必大費周章註解一番，「盡心焉耳」就是「如此地盡心」、「這樣地盡心」。整句用台語標音：

　　【kuañ-jîn che î kɔk à，chìn-sim an-ne ih】

【ㄍㄥㄨㄚ ㄐˇㄧㄣˊ ㄗㄝ一ˊ ㄍㄥㄍㄟ ㄚˇ，ㄐㄧㄣˇ ㄙ一ㄇ ㄅㄋㄝ 一ㄏˇ】

「焉」在北京話發「ian」（一ㄢ）、中古音發「ien」（一ㄝㄣ）、上古音發「an」（ㄢ），《廣韻》：「焉，安也」，所以「焉耳」亦可寫做「安爾」。台語曰：「就是安爾」【chiù-sì an-ne，ㄐㄧㄨˇ ㄙ一ˇ ㄅㄋㄝ】即北京話「就是如此」、「就是這樣」。

《孟子·梁惠王篇（三）》梁惠王曰：「河內凶，則移其民於河東，移其粟於河內；河東凶，亦然。」「粟」在台語口語音發：【tsiék，ㄑ一ㄝㄍㄟ】即稻谷之意，「粟倉」在台語口語音發：【tsiek-tsŋ，ㄑ一ㄝㄍ ㄘㄥ】即穀倉之意。

《孟子·梁惠王篇（三）》梁惠王曰：「鄰國之民不加少，寡人之民不加多，何也？」句中之「加多」大概一班人皆知其意為「增加」，但是「加少」就令人不解其意為何？「增加」之相反詞為「減少」，「加少」成為不減反加，似乎用字有商榷餘地，而孟子是大師所言應有別意，「加少」一詞不知困擾多少注釋專家學者。其實知「加」之上古音，即知其真正涵義，所謂「不知正音者焉知其意？」

「加」之上古音發【kha，ㄎㄚ】，漢唐時代日本留學生就將「加」之古音用於「片假名カ」及「片假名か」之發音，「片假名カ」取自「加」之「力」部楷書體，「か」則為「力」部草書體。而「加」發【kha，ㄎㄚ】音即台語口語音做為「比較」之意（北京話「更」之意），所以用台語口語音（即中原上古音）發「不加少」【m̀-kha chió，ㄇˇㄎㄚ ㄐ一ㄛˇ】即北京話「沒較少、沒更少」之意，「不加多」即北京話「沒較多、沒更多」之意。

在此順便說明「巧」字之古音為【khá，ㄎㄚˇ】（同台語口語音，台語文讀音為khiáu，ㄎ一ㄠˇ），「巧」字之音質和「加」之上古音【kha，ㄎㄚ】相同，「巧」是「工」、「丂」會意字，凡物品欲「巧」者必定「工」要「丂」〈加多〉。「丂」之中古音見《唐韻》：

「苦浩切」，取「苦khó，ㄎㆦˋ」之陰上聲母「kh，ㄎ」、「浩hǒ，ㄏㆦˇ」之陽上韻母「ǒ，ㆦˇ」，切合成陰上調「khó，ㄎㆦˋ」。歸納上述，可得以下結論：「加」、「丂」最早上古音發【kha，ㄎㄚ】，「加」至今維持陰平調，至中古音轉為【ka，ㄍㄚ】（送氣音轉為不氣音）；「丂」發展為陰上調【khá，ㄎㄚˋ】，至中古音轉為【khó，ㄎㆦˋ】（由a韻母轉為o韻母）。制定注音符號時就以「丂」做為「ㄎ」送氣音之顎聲母，「丂」發音「khə，ㄎㄜ」。

《論語先進篇》：「賜不受命而貨殖焉，億則屢中。」

句中「殖」一般注釋為「殖利」、「生利」，至於如何「殖利」則未加解析真諦，當然無法體會先賢子貢如何「生利」。「殖」古音發【sīt，ㄙㄧㆵㄧ】和「實」之字音、字意皆同，「貨殖」是指孔子之子弟「子貢（端木賜）」是一位經商實戶（並非買空賣空），子貢掌握時機逢低大量進貨（如某地新穀上市、穀價下跌），將倉庫堆滿，「貨殖」亦即「進貨充實倉儲」，「殖」即「充實」之意。而「殖」同時兼具「移」之意，原來種稻得先在苗圃育秧苗，然後再移到稻田種植，所以後來有「移植」「移殖」字詞（「植」古音發【sīt，ㄙㄧㆵㄧ】、古意和「實」相同），「殖民」有「移民」涵義，因為根據貨殖篇記載子貢是位十足行動派商賈，當某地青黃不接欠糧時即移糧（用車隊運糧）至該地高價出售，所以「貨殖」是稱讚子貢不僅會「貨實」並且能適時「貨移」。接著孔子稱讚子貢「億則屢中」（台語口語音ióh chiáh lui-diòŋ，˙ㄧㆦ ˙ㄐㄧㄚ ㄉㄨㄟ ㄉㄧㆲˇ），「億」即「臆測」之「臆」本字，後來「億」被轉借為計數名稱「萬萬為億」（即一萬乘一萬為一億），（台語口語音）發【ióh，˙ㄧㆦ】，【ióh，˙ㄧㆦ】在台語就是「猜測」。子貢會「億」〈猜測〉貨品行情，「億則屢中」就是「每次億中」（北京話：猜中），行情上漲後逢高賣出，當然獲利頗大，子貢累積成當時首富，所以司馬遷在《史記》貨殖篇將子貢列為第一人，因此商賈尊稱子貢為「做期貨之祖師爺」。

「億」上古音發【ióh，˙ㄧㄛ】，中古音發【iék，ㄧㄝㄍˋ】（台語文讀音），由此可印證台語口語音和文讀音間存在對應韻母關係。

例一、「借」之文讀音為【chiék，ㄐㄧㄝㄍˋ】，口語音為【chióh，˙ㄐㄧㄛ】。

「借支」口語音為【chió(h)-chi，ㄐㄧㄛˋ ㄐㄧ】。

例二、「惜」之文讀音為【siék，ㄙㄧㄝㄍˋ】，口語音為【sióh，˙ㄙㄧㄛ】。

「可惜」口語音為【kho-sióh，ㄎㄛ ˙ㄙㄧㄛ】。

例三、「石」之文讀音為【siēk，ㄙㄧㄝㄍ－】，口語音為【chiōh，ㄐㄧㄛㄏㄧ】

「寶石」口語音為【po-chiōh，ㄅㄛ ㄐㄧㄛㄏㄧ】。

例四、「蓆」之文讀音為【siēk，ㄙㄧㄝㄍ－】，口語音為【tsiōh，ㄑㄧㄛㄏㄧ】。

「草蓆」口語音為【tsau-tsiōh，ㄘㄠ ㄑㄧㄛㄏㄧ】。

例五、「尺」之文讀音為【tsiék，ㄑㄧㄝㄍˋ】，口語音為【tsióh，˙ㄑㄧㄛ】。

「寸尺」口語音為【tsún-tsióh，ㄘㄨㄣˋ ˙ㄑㄧㄛ】。

《論語先進篇》：「鼓瑟希，鏗爾。」台語稱「鏗爾」為【khiaŋ níh，ㄎㄧㄤ ˙ㄋㄧ】，「鏗」為金屬（鐘鼎之類）碰撞清脆之聲，「爾」為語尾音兼形容「鏗一下之聲」。

《司馬相如子虛賦》：「足下不遠千里來況齊國。」台語稱「況」為【hóŋ，ㄏㄛㄥˋ】，音意同「訪」，「況」是「訪」之轉借字。

《論語子罕篇》：「子絕四：毋意、毋必、毋固、毋我。」此句關鍵字在「必」，「必」之上古音（同台語口語音）發【béh，‧ㄅㆤ】即「要」之意，所以後來有「必要」一詞出現，如今台語口語曰：「我必看」即「我要看」之意。「毋意」見朱熹注訓作「私意」，即台語：「意愛」【í-ài，一ˋ ㄞˇ】，「私意」負面解釋則為「貪慾」，而「必」負面解釋則為「索求」，台語：「逐項必」即「無所不求、甚麼都要」。孔子曰：「絕」古今學者咸認為「去」之意，其實是指孔子所深惡痛絕之四種意念和心態，「毋意、毋必」就是訓誡「不可有貪求之意念」。「毋固、毋我」就是「固執己意、己見」、做負面解釋亦即「私心表現」，歸納「子絕四」就是不可以有貪私意念。

二、「是知也」、「不知也」、「有也」

　　「是知也」、「不知也」、「有也」之尾字「也」發音【iáñ，ㄙㄧㄚˋ】為強調前字語氣。

　　《論語為政篇》子曰：「由，誨女，知之乎？知之為知之，不知為不知，是知也。」句中「女」就是「你」之借音字，在上古兩字同音，台語皆發【lí，ㄌㄧˋ】。最後一句：「是知也」即台語之口語：【sì-chāi-iáñ，ㄙㄧˇ ㄗㄞ一 ㄙㄧㄚˋ】，通北京話「這才算是知道」。

笑話一則

　　當今不少社區大學開吟詩讀經班，某次教此段文句前，先生請某位學員先用台語文讀音唸，於是該學員就用平日先生所教文讀音套上，將「知之」唸成【dī-chi，ㄉㄧ－ㄐㄧ－】、「不知」唸成【put-di，ㄅㄨㄊ ㄉㄧ－】、「是知也」唸成【sì-di-iá，ㄙㄧ－ˇ ㄉㄧ－ㄧㄚˋ】，唸完之後，有位年長學員聽了以為讀音是台語「豬舌」（dī-chīh，ㄉㄧ－ㄐㄧ－ㄏ－）、「刣豬」（phut-di，ㄆㄨㄊ ㄉㄧ－ 殺豬）、「是豬仔」，就舉手、滿臉疑惑地問先生：「孔子公為何教『豬舌』、『刣豬』、『是豬仔』？」其他學員聽了哄堂大笑。周武王即位天子後，封殷商後代為宋國，而孔子之先祖乃宋國貴族，為殷商之後裔，所以《論語八佾篇》記載子曰：「殷禮吾能言之。」（我可以講述殷商禮儀），孔子所言必為正宗商語（台語口語音為商語之嫡傳），《論語》係記載孔子（逝於公元前479年）所言，怎會用後起之漢字文讀音（定音於西漢初期漢字隸書體形成時，漢朝建於公元前202年）？所以唸讀《論語》「知之乎」應用商語（台語口語音）讀【chāi-che hò，ㄗㄞ－ ㄗㄝ ㄏㄛˇ】，「不知」、「是知也」應讀做【m̀-chai，ㄇˇ ㄗㄞ】、【sì-chāi-iáñ，ㄙㄧ－ˇ ㄗㄞ－ ㄙㄧㄚˋ】，若用漢字文讀音唸上述幾句，怪不得年長學員將「知之」、「不知」、「是知也」誤以為「豬舌」、「刣豬」、「是豬仔」。

　　《論語公冶長篇》孟武伯問：「子路人乎？」子曰：「不知也。」「不知也」，即台語之口語：【m̀-chāi-iáñ，ㄇˇ ㄗㄞ－ ㄙㄧㄚˋ】，通北京話「真的不知道」。

　　「不」在台語發【m̄，ㄇ－】，吳語、客家話、廣東話亦皆發【m̄，ㄇ－】音，此乃源於商代最古老語音。「不」之古體是「花蕾」（台語稱為【花莓hūe-m̂，ㄏㄨㄝ－ ㄇˊ】）象形文、「不」原先發陽平聲調【m̂，ㄇˊ】，參見《詩經常棣篇》：「常棣之華，鄂不韡韡。」「華」即「花」、「鄂」即「花萼」、「不」即「花蕾」、「韡韡」即「花盛開貌」（若以現今「不」做否定詞來解釋恰好和原意相反，

「花盛開」變成「花沒開」）。後來轉借為含蓄托辭成為陽去聲調【m̄，ㄇ一】。茲舉實例說明：第一種情況、當問路時，對方在回答之前需做一些時間思考，先以【m̄，ㄇ一】做回應。第二種情況、回應對方時表示否定心意又帶著含蓄語氣，【m̄，ㄇ一】音是最常聽到之全鼻聲合口唇音答腔。至周代狄人入主中原表示強烈否定之語音為【pút，ㄅㄨㄊˋ】，文字沿用商代之「不」，而延續商語文字部族〈如宋、魯、衛、陳等國。商鞅為衛國國君之後裔，故稱為衛鞅〉仍以「不」發【m̄，ㄇ一】音，以「弗」發【pút，ㄅㄨㄊˋ】音（即台語口語音），至漢代中古音發【hút，ㄏㄨㄊˋ】音（即台語文讀音），「弗」見《唐韻》：「分物切」，取「分hun，ㄏㄨㄣ」之陰平聲母「h，ㄏ」、「物būt，ㆠㄨㄊ一」之陽入韻母「ūt，ㄨㄊ一」、切合成陰入調「hút，ㄏㄨㄊˋ」。「弗」字音至北京話形成時「h，ㄏ」聲母轉為輕反唇之「f，ㄈ」、「ūt，ㄨㄊ一」韻母失去「t」入聲成為「u，ㄨ」，所以「弗」在北京話發陽平聲調【fú，ㄈㄨˊ】。為使讀者更明瞭字音之演變，將順序排列於下：

漢字	商代上古音	周代至漢唐中古音	宋、元代至今北京話
	（即台語口語音）	（即台語文讀音）	（華語、普通話）
「不」【m̂，ㄇˊ】	【m̄，ㄇ一】	【pút，ㄅㄨㄊˋ】	【pú，ㄅㄨˋ】
漢字	商代至周代上古音	漢唐中古音	宋、元代至今北京話
	（即台語口語音）	（即台語文讀音）	（華語、普通話）
「弗」	【pút，ㄅㄨㄊˋ】	【hút，ㄏㄨㄊˋ】	【fú，ㄈㄨˊ】

《孟子梁惠王篇》：「老者衣帛食肉，黎民不飢不寒，然而不王者，未之有也？」「有也？」即台語之口語：【ù- iáñ，ㄨˇ ㄙㄧㄚˋ】，通北京話「確實有嗎？」

三、周代漢代古籍

《史記‧天官書》：「熊熊青色有光」此處之「熊熊」係指爐火旺盛而呈青色，因此有「爐火純青」之成語。

《山海經‧西山經》：「其光熊熊」此處之「熊熊」係指火勢大，因此有「熊熊烈火」、「火勢熊熊」之成語。

上述之「熊熊」顯然不是指動物而是做為形容詞，而「熊」之本意為何？的確困擾不少訓詁學家。因為「能」是動物「熊」之古體字，其實就是「熊貓」之象形字，古人以火燒烤「能」時火勢要大要旺，在造會意字時就在「能」字之下加了「火」成為「熊」，在造「熊」字當初是做為燃燒之意，台語口語音發「hiâñ，ㄏ」，在台語發「熊火」【hiâñ-húe，ㄙㄧㄚ－ㄏㄨㄝˋ】即北京話「起火燃燒」之意，在台語發「熊滾水」【hiâñ-kun-chúi，ㄙㄧㄚ－ㄍㄨㄣ ㄗㄨㄧˋ】即北京話「燒開水」之意。

註

國民政府遷台後，外省人初來台用北京話問東問西，本地人聽不懂就回了一句【m̄-chāi-iáñ，ㄇˇ ㄗㄞ－ ㄙㄧㄚˋ】，起先聽不懂台語，但是常常聽到此句台語，後來才知其意為「不知道」，因此感覺好奇又有趣，於是模仿發音。因為北京話無「mㄇ，iáñㄙㄧㄚˋ」發音，結果變成「mò-chāi-iâŋ」（ㄇㄛˇ ㄗㄞ－ ㄧㄤˊ），而台語之口語音太過古老（最早上古音），一般人不易寫出正確古音漢字，於是新聞記者或作家只好用擬音字，結果更加離譜，「mò-chāi-iâŋ」竟然被寫成「莫宰羊」，有意無意間接地醜化台語。不過就連台灣人自己亦寫不出全部正確漢字，一般寫成「不知影」，雖然比「莫宰羊」好了不少，但多數人皆知句尾之「影」是借音字，不知以何字為正確頗感無奈，導致「台語無字」之呼聲高漲，實在令人痛心。大約二十多年，有一位曾在高雄醫學院教漢文之許成章教授（1999年過世，原籍澎湖，手抄本「台灣漢語辭典」為其畢生之大作，在出版此冊前筆者曾拜訪過許教授）發表文章指出「m̄-chāi-iáñ」（ㄇˇ ㄗㄞ－ ㄙㄧㄚˋ）之正字出自《論語公冶長篇》「不知也」是何等古雅之文言。筆者再次引用「知之為知之，不知為不知，是知也。」本身不知之事，怎可信口開河，甚至大放厥詞。最令人痛心者莫過於有些自稱高尚台灣人對自己母語抱著鄙視態度，講白一點就是瞧不起台語，還以講台語為恥，無知者更將台語漢字視為外來怪物，殊不知漢字正是台員（台灣）人之先祖先賢所創制，台語完整地保存中原之上古、中古字音。

《史記・五帝紀》：「黃帝號有熊」，史書記載之「有熊氏」是指已經會用火烘燒食物之部落氏族，換言之，說明人類由「生食」進入「熟食」新文明階段，而絕非神話故事所記載「黃帝變為一隻熊去開墾荒地」。

《論語・禮運大同篇》：「選賢與能，講信修睦」按對稱位置解析「與」應為動詞，非連接詞「和」之意，但現今注釋者未能通曉古音古意，就自圓其說「與」通「舉」，符合「選舉」一詞。就「與」之古體字可發現是「上有雙手」給與似「井」字之物品、而「下有雙手」承接，由此可知此處之「與」是給與之意，「與」和「雨」在台語之漳州、廈門文讀音分別為為【í ㄧˋ, ú ㄨˋ】、口語音（即上古音）皆為【hō̄ , ㄏㄛ－】。「選賢與能」即「選出賢者授與權能」之意，若賢者未得權能何以治國乎？就如同當政者無權能何以推行政務，而造成朝野爭權亂象。先祖先賢早已覺察政治運作道理而訓示「選賢必定要給與能」，日本政治家悟透此理，以國會多數黨為執政黨稱為「與黨」【日語よとうyotō】即「依憲法授與政權之黨」。

《墨子・魯問篇》：「劉三寸之木。」台語稱「劉」為【liô , ㄧㄛˊ】當做動詞，即橫向截取木板之意。

《荀子・富國篇》：「暴暴如丘山。」台語稱「暴暴」為【phɔk-phók , ㄆㄛㄍ ㄆㄛㄍˋ】當做形容詞，即突出之意。

《呂氏春秋・重己篇》：「使烏獲疾引牛尾，尾絕力勌，」烏獲為大力士之名，台語稱「勌」為【siēn , ㄙㄧㄝㄅ－】當做形容詞，即「力盡」、「疲倦」之意。台語曰「真勌」【chīn- siēn , ㄐㄧㄅㄧ ㄙㄧㄝㄅ－】，即北京話「很累」、「疲憊不堪」之意。

《呂氏春秋・慎大篇》：「商涸旱。」台語稱「涸旱」為【khó-huāñ，ㄎㄛˋㄏㄥㄨㄚ－】，即「乾旱」之意。

《漢書・周勃傳》：「其椎少文如此。」台語稱「椎」為【tûi，ㄊㄨㄧˊ】，即「愚拙」之意。

《漢書・朱雲傳》：「雲入論難，連拄五鹿君。」台語稱「拄」為【dú，ㄅㄨˋ】，即「駁斥」之意。

《漢書・武帝五子傳》：「毋桐好逸。」（原意為不可好玩樂）台語稱「毋桐」為【m̀-taŋ，ㄇˇㄊㄤ】，即「不可」之意。「毋桐」為當時之借音字。

《禮記・內則》：「衣裳綻裂。」台語稱「綻」為【tīñ，ㄊㄥㄧ－】當做動詞，即「密縫」之意。

《禮記・少儀》：「掃席前曰拚。」台語稱「拚」為【piàñ，ㄅㄥㄧㄚˇ】，台語之「拚掃」【piáñ-sàu，ㄅㄥㄧㄚˋㄙㄠˇ】即「打掃」之意。

《詩經・召南》：「未見君子，憂心惙惙。」台語稱「惙」為【tsuáh，˙ㄘㄨㄚ】，台語之「惙」有「擔心」之意。另有一意，參見《廣韻》：「疲也」，如因工作壓力過大以致身心疲憊呈而現抽搐現象，台語稱「疲疲惙」，時下媒體借用諧音字「皮皮挫」成為「肉麻當有趣」之一則笑話。

《詩經・豳風》：「狼跋其胡，載疐其尾。」台語稱「疐」為【déh，˙ㄉㄝ】，即北京話「踩著、壓著」之意。

《詩經‧小雅》：「湛湛露斯。」台語稱「湛湛」為【dām-dâm，ㄉㄚㄇㄧㄉㄚㄇˊ】，即北京話「濕濕」之意。

《詩經‧鼓鐘》：「憂心且妯。」台語稱「妯」為【diúh，‧ㄉㄧㄨ】，即搖動之意，「妯」為「搐」之轉借字。

《儀禮‧士喪禮》：「沐櫛挋用巾。」台語稱「挋」為【chūn，ㄗㄨㄣ－】，即「用手絞巾使水流出」之意。

《禮記‧王制》：「浴用湯，沐用潘。」台語稱「湯」為【tŋ，ㄊㄥ】，即「熱水」之意，在日文「湯」為「洗浴之熱水」；台語稱「潘」為【phun，ㄆㄨㄣ】，即「洗米水」之意。廣東人姓「潘」，廣東話唸做【phun，ㄆㄨㄣ】，在名片上英文拼成「poon」。

四、《世說新語》

《世說新語》由劉義慶（公元403年－444年，彭城〔今江蘇徐州市〕人，南朝宋文學家。劉宋宗室，武帝劉裕之姪）之門客編輯，是一本「隨手而記」小說類名著，記述東漢末年至兩晉時期士人生活和思想，反映了當時社會風貌。依內容分為德行、言語、政事、文學……等三十六門，始於德行，終於仇隙。每門皆收名人遺聞軼事，全書共一千多則故事。每則故事文字多寡不同，大抵以簡短文句為主，長篇數行而盡，短言僅有三二十字，但均極為精采。《世說新語》善用對照、比喻、誇張、描述等文學技巧，不僅保留下許多膾炙人口之佳言名句，尤其採用當時白話口語，對應於保存中古語音之河洛人而言，更是字字珠璣，讀者若懂台語漢字自然備感親切，彷彿是一本超越時空之不朽作品。茲舉數例和讀者共享。

《政事第三》：「嘗發所在竹篙。」台語稱「竹篙」為【diek-ko，
ㄅㄧㄝㄍ ㄍㄛ】，即北京話之「竹竿」。

《政事第三》：「上捎雲根，下拂地足。」台語稱「捎」為【sa，
ㄙㄚ】，即北京話之「輕輕抓取」；台語稱「拂」為【pút，ㄅㄨㄊㄟˋ】，
即北京話「輕輕掃掠」。

《文學第四》：「取手巾與謝郎拭面。」台語稱「手巾」為【tsiu-
kin，ㄑㄧㄨ ㄍㄧㄣ】，即北京話之「手帕」；台語稱「與」為【hō͘，
ㄏㄛ一】，即北京話「給」；台語稱「拭面」為【tsit-bīn，ㄑㄧㄊ
ㆠㄧㄣ一】，即北京話之「擦臉」。

《文學第四》：「甚有才情。」台語稱「才情」為【chāi-chiêŋ，
ㄗㄞ一 ㄐㄧㄝㄥˊ】，即北京話之「才幹」、「本領」。

《方正第五》：「劉真長、王仲祖共行，日旰未食。」台語稱
「旰」為【uàñ，ㄨㄚˇ】，即北京話「晚」；台語稱「未」為【būe，
ㆠㄨㄝ一】，即北京話「還沒」。

《賞譽第八》：「共語至暝。」台語稱「暝」為【mê，ㄇㄝˊ】，
即北京話「夜晚」。

《規箴第十》：「昔夫人臨終，以小郎囑新婦，不以新婦囑小
郎。」台語稱「新婦」為【sīm-pū，ㄙㄧㄇ一 ㄅㄨ一】，即北京話「媳
婦」。

《識鑒第七》：「不如阿母言。」台語稱「阿母」為【ā-bú（bó），
ㄚ一 ㆠㄨ（ㆠㄛ）ˋ】，即北京話「娘」。

《豪爽第十三》：「晉明帝欲起池台。」台語稱「起」為【khí，ㄎ一ˊ】，即「起造」之意。

《豪爽第十三》：「以如意拄頰。」台語稱「拄」為【dú，ㄅㄨˋ】，即北京話「支撐」之意。

《夙惠第十三》：「炊忘箸箅，飯今成糜。」台語稱「箸」為【dī，ㄅㄧ一】，即北京話「筷子」；台語稱「糜」為【muê，ㄇㄨㄝˊ】，即北京話「粥」之意。

第十二章、從日文假名印證台語保存漢唐古音

（學習捷徑：用台語漢字發音學日語）

一、日語和台語發音有交集

　　日本原本無文字，約在東漢初期開始借用歷史已經相當悠久之漢字做為表音和表意之假名文字，之後約一千多年，陸續傳入各朝代漢字之音意，因此保存初、中、後期之各種中古漢音，如今經比對日本假名所轉借漢字發音約有一半和台語漢字發音完全相同，其餘雖略有不同者亦可發現個別在聲母和韻母方面和台語漢字發音有對應相似，因此更可證實台語漢字亦相對保存各期中古漢音，此種相同或近似部分成為台員（台灣）河洛人和日本人所共同擁有之最珍貴文化遺產。

　　初學日文者每每苦於片假名、平假名難記又難發音（尤其是が、ば濁聲，台語有相同發音，北京話則無），其實捷徑就在諸位如果掌握已知之台語漢字發音、了解假名所引用之漢字，換言之，從日語和台語完全相同或相似發音做為切入基準點，必收事半功倍之效。學習任何語言無「撇步」（phiet-pō，ㄆㄧㄝㄊ ㄅㆦ），一定得先從自己已知之語言（作者將另著一本學習各種語言之入門基本認識）和想要學之語言做比對，找出發音之交集（即相同或相似部分），然後循序而進，最後學習差異較大部分，所以懂得兩三種語文者必定比只會一種語文者更容易學會其他語言。當今處於資訊大爆發時代，懂得更多種語言方能掌握更多資訊情報，資訊之領先小則在職場脫穎而出、大則開創商機致富（居於遙遙領先地位）。

註　「產」之日語漢音和台語漢字之音質皆為「san，さん，ㄙㄢ」，「產」在台語發音「sán，ㄙㄢˋ」，「日產」在日語發音「nissán，ㄋㄧㄙㄢˋ」。

二、日文之假名和台語漢字

日本最早出現文字之文物約在公元一世紀（西漢末年、東漢初年），當時日本學者使用漢字來表達日語，稱為「訓讀」。在此基礎上發展出萬葉假名（まんようがなManyōgana），最初出現於日本最早之詩歌總集《萬葉集》中。此種方式借用漢字之表音功能而捨棄其表意性，在公元九世紀先後創造了以漢字楷書正體為藍本之片假名和以漢字草書體為藍本之平假名，將日本文字演變到表記發音文字（即拼音字）時代。

（一）片假名

片假名（カタカナ katakana）取自漢字楷書之一部分簡化而來，在日本平安時代（へいあんじだい、794年－1185年）初期（和唐朝交往頻繁）為了訓讀漢文而發明，在當時所選用漢字之發音符合或近似日語基本發音之音質（不管高低調值）。但是，現今片假名之定形約在明治時代初期，在此之前一個發音往往有多個片假名對應存在。

下圖為片假名取自漢字楷書正體之一部分（紅色部分，在日文「片」即部分之意）。（「キ」自「幵」、「ヱ」自「惠」簡化而來。）

ア阿	イ伊	ウ宇	エ江	オ於
カ加	キ幾	ク久	ケ介	コ己
サ散	シ之	ス須	セ世	ソ曽
タ多	チ千	ツ川	テ天	ト止
ナ奈	ニ仁	ヌ奴	ネ祢	ノ乃
ハ八	ヒ比	フ不	ヘ部	ホ保
マ末	ミ三	ム牟	メ女	モ毛
ヤ也		ユ由		ヨ與
ラ良	リ利	ル流	レ礼	ロ呂
ワ和				ヲ乎
ン尓				

為了說明片假名所選用漢字和台語發音完全相同或近似，將片假名發音以羅馬字母標注如下：

〈阿〉ア a	〈伊〉イ i	〈宇〉ウ u	〈江〉エ e	〈於〉オ o
〈加〉カ ka	〈幾〉キ ki	〈久〉ク ku	〈介〉ケ ke	〈己〉コ ko
〈散〉サ sa	〈之〉シ si	〈須〉ス su	〈世〉セ se	〈曾〉ソ so
〈多〉タ ta	〈千〉チ chi	〈川〉ツ tsu	〈天〉テ te	〈止〉ト to
〈奈〉ナ na	〈二〉ニ ni	〈奴〉ヌ nu	〈祢〉ネ ne	〈乃〉ノ no
〈八〉ハ ha	〈比〉ヒ hi	〈不〉フ hu	〈部〉ヘ he	〈保〉ホ ho
〈万〉マ ma	〈三〉ミ mi	〈牟〉ム mu	〈妹〉メ me	〈毛〉モ mo
〈也〉ヤ ya		〈由〉ユ yu		〈與〉ヨ yo
〈良〉ラ ra	〈利〉リ ri	〈流〉ル ru	〈礼〉レ re	〈呂〉ロ ro
〈何〉ワ wa	〈韋〉ヰ wi		〈惠〉ヱ we	〈乎〉ヲ wo
〈尔〉ン n （韻尾鼻音）				

片假名和台語漢字發音比對

● 記號係發音完全相同　◎記號係轉借別字發音近似

● 「ア a」取自「阿」、台語發「a，ㄚ」。

● 「イ i」取自「伊」、台語發「i，ㄧ」。

● 「ウ u」取自「宇」、台語發「ú，ㄨˋ」。

◎ 「エ e」取自「江」、但是 e 音係漢字「會、会」台語發「ē，ㄝ一」（註：台語曰「會使 ē-sái，ㄝˋ ㄙㄞˋ」即可以之意）。

● 「オ o」取自「於」、台語古音發「ɔ」（註：台語嘆詞「於乎ɔ-hɔ，ɔ一 ㄏɔ」通「嗚呼」）。

● 「カ ka」取自「加」、台語發「ka，ㄍㄚ」。

● 「キ ki」取自「幾」、台語發「kí，ㄍㄧˋ」。

● 「ク ku」取自「久」、台語發「kú，ㄍㄨˋ」。

● 「ケ ke」取自「介」、台語古音發「kè，ㄍㄝˇ」。

◎「コ ko」取自「己」、台語發「kí，ㄍㄧˋ」，但是 ko 音係漢字「古」日語發音「ko」同台語發音「kó，ㄍㄛˋ」。

「サ sa」取自「散」、台語發「sàn，ㄙㄢˋ」之「sa，ㄙㄚ」音節。

◎「シ si」取自「之」、台語發「chi，ㄐㄧ」，但是 si 音係漢字「絲」日語發音「si」同台語發「si，ㄙㄧ」。

●「ス su」取自「須」、台語發「su，ㄙㄨ」。

●「セ se」取自「世」、台語發「sè，ㄙㄝˇ」。

◎「ソ so」取自「曾」、日語訓讀音「そ，so」，但是 so 音係漢字「蘇」台語發「sɔ，ㄙㄛ」。

◎「タ ta」取自「多」、台語發「do，ㄉㄛ」，魏晉至唐代之古音「da，ㄉㄚ」，見佛經梵文「tala」之漢字譯詞為「多羅」，即借「多」代表「ta」發音。

◎「チ chi」取自「千」、但是 chi 音係漢字「知」台語文讀音發「di，ㄉㄧ」、口語音發「chai，ㄗㄞ」，因日語無「di」音，故借「知」代表「chi」發音。

◎「ツ tsu」取自「川」、台語發「tsuan，ㄔㄨㄢ」，由「tsuan」去韻尾「an」得「tsu」音。

◎「テ te」取自「天」、台語發「tien，ㄊㄧㄝㄣ」，由「tien」去「i，n」得「te」音。

◎「ト to」取自「止」、但是 to 音係漢字「土」台語發「tó，ㄊㄛˋ」。

◎「ナ na」取自「奈」、台語發「nāi，ㄋㄞ一」，但是 na 音係漢字「那」之古音「nâ，ㄋㄚˊ」。

◎「ニ ni」取自「二」、台語發「jī，ㄐˊㄧ一」，但是 ni 音一說是源自「二」之古代吳音，另一說是取自漢字「耳」台語文讀音發「ní，ㄋㄧˋ」（「耳」在現今蘇州話〔現代吳音〕發「ni，ㄋㄧ」）。上表中「ニ ni」取自「仁」，一般日文學者認為平假名「に ni」取自「仁」。

◎「ヌnu」取自「奴」、台語發「nô，ㄋㆦˊ」，漢字「奴」北方中古音後期（唐代中葉）已轉為「nû，ㄋㄨˊ」。

●「ネne」取自「禰」、台語發「né，ㄋㆤˋ」。

◎「ノno」取自「乃」、台語發「nái」，但是no音係漢字「乃」中古音「nó，ㄋㆦˋ」。（註：「乃」係「乃」之古字。）

◎「ハha」取自「八」、台語發「pát，ㄅㄚㆵˋ」之「a」做韻母，再加「h」聲母。

◎「ヒhi」取自「比」、台語發「pí，ㄅㄧˋ」之「i」做韻母，再加「h」聲母。

◎「フhu」取自「不」、台語發「pút，ㄅㄨㆵˋ」之「u」做韻母，再加「h」聲母。

◎「ヘhe」取自「部」、日語訓讀音發「ヘhe」，日語之「部屋」（房間之意）發「ヘやheya」。

◎「ホho」取自「保」、台語發「pó，ㄅㆦˋ」之「o」做韻母，再加「h」聲母。

◎「マma」取自「万」〈萬之俗寫〉、台語發「bān」半鼻音化成「mā」。（註：另一說是取「馬」、台語發「má」。上表中「マma」取「末」，一般日文學者認為平假名「ま」係借用「末」之草書體。）

◎「ミmi」取自「三」、日語訓讀音發「みつmitsu」之「みmi」音節。

●「ムmu」取自「牟」、台語口語音發「mû，ㄇㄨˊ」。
  註：「牟」在唐韻之切韻為「莫浮切」，按口語音取「莫mōh」之聲母「m，ㄇ」、「浮phû，ㄆㄨˊ」之韻母「û，ㄨˊ」，合成「mû，ㄇㄨˊ」。

◎「メme」取自「女」、日語訓讀音發「めme」。
  註：另一說是取「妹妹」台語發「me-méh，ㄇㆤ・ㄇㆤ」之「me，ㄇㆤ」音。

●「モmo」取自「毛」、台語發「mㆦ，ㄇㆦ」。

●「ヤya」取自「也」、台語發「iá，ㄧㄚˋ」。

●「ユyu」取自「由」、台語發「iû，ㄧㄨˊ」。

◎「ヨyo」取自「與」、台語漳州音發「í，ㄧˋ」，台語廈門音發「ú，ㄨˋ」，「ヨyo」一說是源自「與」之古代吳音。

◎「ラra」取自「良」、日語音讀為「らra」，日本古都「奈良」日語音讀為「ならnara」，「良」在台語漳州音發「liâŋ，ㄌㄧㄤˊ」，由「liâŋ」音去「i，ŋ」得「lâ」音轉來。

●「リri」取自「利」、台語發「lī，ㄌㄧ一」。

◎「ルru」取自「流」、台語發「liû，ㄌㄧㄨˊ」，由「liu，ㄌㄧㄨ」音去「i，ㄧ」得「lu，ㄌㄨ」。

●「レre」取自「禮」、台語發「lé，ㄌㄝˋ」。

◎「ロro」取自「呂」、台語發「lū，ㄌㄨㄧ」，但是ro音係漢字「路」台語發「lɔ̄，ㄌㄛ一」。

◎「ワwa」取自「和」、台語發「hô，ㄏㄛˊ」上古音發「hâ，ㄏㄚˊ」，日語訓讀音發「わwa」。

◎「ヰwi」取自「井」、日語訓讀音發「い，i」。

●一說是源自「韋」之下部、台語發「ûi，ㄨㄧˊ」。

◎「ヱwe」取自「惠」、日語訓讀音發「え，e」。

◎「ヲwo」取自「乎」、台語發「hɔ，ㄏㄛ」之「ɔ」韻母。

◎「ンn（韻尾鼻音）」取自「尔」、台語發「ní，ㄋㄧˋ」，選「尔」之聲母「n，ㄣ」。

（二）平假名和台語漢字

平假名（ひらがなhiragana）是日語表音符號之一種，平假名自漢字之草書體演變而來，又稱為草假名（そうがなsōgana）。早期為日本女性專用，後來隨紫式部之《源氏物語》流行而使得日本男性亦開始接受和使用平假名。現代日語中，平假名通常用來表示日語中固有詞彙及文法助詞，做為日文漢字注音時一般亦使用平假名，為了表示漢字之日語發音，書寫日文時可以在漢字旁添上假名，表示漢字之讀法。此種近似中文注音或拼音標記在日文稱為「讀假名」（読みがなyomigana）或「振假名」（ふりがなfurigana）。

下表為平假名自漢字之草書體演變而來。

无ん	和わわ	良らら	也ゆや	末まま	波はは	奈なな	太たた	左ささ	加かか	安ああ
	為ゐゐ	利りり		美みみ	比ひひ	仁にに	知ちち	左しし	幾きき	以いい
		留るる	由ゆゆ	武むむ	不ふふ	奴ぬぬ	川つつ	寸すす	久くく	宇うう
	恵ゑゑ	礼れれ		女めめ	部へへ	祢ねね	天てて	世せせ	計けけ	衣ええ
	遠をを	呂ろろ	与よよ	毛もも	保ほほ	乃のの	止とと	曽そそ	己ここ	於おお

為了說明平假名所選用漢字和台語發音完全相同或近似，將平假名發音以羅馬字母標注如下：

〈安〉あ a	〈以〉い i	〈宇〉う u	〈衣〉え e	〈於〉お o
〈加〉か ka	〈幾〉き ki	〈久〉く ku	〈計〉け ke	〈己〉こ ko
〈左〉さ sa	〈之〉し si	〈寸〉す su	〈世〉せ se	〈曽〉そ so
〈太〉た ta	〈知〉ち chi	〈川〉つ tsu	〈天〉て te	〈止〉と to
〈奈〉な na	〈仁〉に ni	〈奴〉ぬ nu	〈祢〉ね ne	〈乃〉の no
〈波〉は ha	〈比〉ひ hi	〈不〉ふ hu	〈部〉へ he	〈保〉ほ ho
〈末〉ま ma	〈美〉み mi	〈五〉む mu	〈女〉め me	〈毛〉も mo
〈也〉や ya		〈由〉ゆ yu		〈与〉よ yo
〈良〉ら ra	〈利〉り ri	〈留〉る ru	〈礼〉れ re	〈呂〉ろ ro
〈和〉わ wa	〈為〉ゐ wi		〈惠〉ゑ we	〈遠〉を wo
〈无〉ん n（韻尾鼻音）				

平假名和台語漢字發音比對

●記號係發音完全相同　◎記號係轉借別字發音近似

● 「あa」來自「安」、台語發「an，ㄢ」，將韻母「an」去韻尾「n」得「a」音。

● 「いi」來自「以」、台語發「í，一ˋ」。

● 「うu」來自「宇」、台語發「ú，ㄨˋ」。

◎ 「えe」來自「衣」、但是e音係漢字「裔」日語發音「えいei」同台語發音「è，ㄝˋ」。

● 「おo」來自「於」、台語古音發「ɔ」（註：台語嘆詞「於乎ɔ-hɔ，ɔ一ˊɔ」通「嗚呼」）。

● 「かka」來自「加」、台語發「ka，ㄍㄚ」。

● 「きki」來自「幾」、台語發「kí，ㄍ一ˋ」。

● 「くku」來自「久」、台語發「kú，ㄍㄨˋ」。

● 「けke」來自「計」、台語發「kè，ㄍㄝˇ」。

◎ 「こko」來自「己」、台語發「kí，ㄍ一ˋ」，但是ko音係漢字「古」日語發音「ko」同台語發音「kɔ́，ㄍɔˋ」。

◎ 「さsa」來自「左」、台語發「chó，ㄗㄛˋ」，但是sa音係漢字「差」日語發音「sa」由台語發音「tsa」去「t」而轉來。

◎ 「しsi」來自「之」、台語發「chi，ㄐ一」，但是si音係漢字「絲」日語發音「si」同台語發「si，ㄙ一」。

◎ 「すsu」來自「寸」、台語發「tsùn，ㄘㄨㄣˇ」，由「tsun」去「t，n」得「su」音轉來。

● 「せse」來自「世」、台語發「sè，ㄙㄝˇ」。

◎ 「ソso」取自「曾」、日語訓讀音「そ，so」，但是so音係漢字「蘇」台語發「sɔ，ㄙɔ」。

◎ 「たta」來自「太」、台語發「tài，ㄊㄞˇ」，由「tai」去韻尾「i」得「ta」音。

● 「ちchi」來自「志」、台語發「chì，ㄐ一ˇ」。

◎「つtsu」來自「川」、台語發「tsuan，ちㄨㄢ」，由「tsuan」去韻尾「an」得「tsu」音。

◎「てte」來自「天」、台語發「tien，ㄊㄧㄝㄣ」，由「tien」去「i，n」得「te」音。

◎「とto」來自「止」、但是to音係漢字「土」台語發「tɔ́，ㄊㄛˋ」。

◎「なna」來自「奈」、台語發「nāi，ㄋㄞ－」，由「nai」去韻尾「i」得「na」音。

◎「にni」來自「仁」、日語漢字吳音發「にんnin」去韻尾「n」得「ni」音。

◎「ぬnu」來自「奴」、台語發「nô，ㄋㄛˊ」，漢字「奴」北方中古音後期（唐代中葉）已轉為「nû，ㄋㄨˊ」。

●「ねne」來自「祢」、台語發「né，ㄋㄝˋ」。

◎「のno」來自「乃」、台語發「nái」，但是no音係漢字「ㄋ」中古音「nɔ́，ㄋㄛˋ」。（註：「ㄋ」係「乃」之古字。）

◎「はha」來自「波」、台語發「pho，ㄆㄛ」、中古漢音發「pha，ㄆㄚ」，由「pha」去「p」得「ha」音。註：見梵文「paramita」譯成「波羅密多」，「波」即「pa」之對應音，「pa」發聲較出力即「pha」（強送氣聲）。

◎「ひhi」亦來自「飛」、台語發「hui，ㄏㄨㄧ」，由「hui」去「u」得「hi」音。

◎「ふhu」來自「不」、但是hu音係漢字「婦」日語發音「ふhu」同台語發「hū，ㄏㄨ－」。

◎「へhe」來自「部」、日語訓讀音發「へhe」，日語之「部屋」（房間之意）發「へやheya」。

◎「ほho」來自「保」、台語發「pó，ㄅㄛˋ」之「o」做韻母，再加「h」聲母。

◎「まma」來自「末」、台語發「buāt，ㆠㄚㄊ－」、日語漢音發「まつ matsu」去「つtsu」得「まma」音。

◎「みmi」來自「美」、台語發「bí，ゲ ー ↘」，mi音係來自吳音將bi鼻音化。

◎「むmu」來自「武」、台語發「bú，ゲ ㄨ ↘」，mu音係來自吳音將bu鼻音化。

　註：韓語之「武」亦發「무」即「mu，ㄇㄨ」音。

◎「めme」來自「女」、日語訓讀音發「めme」。

●「もmo」來自「毛」、台語發「mɔ，ㄇㄛ」。

●「やya」來自「也」、台語發「iá，ㄧㄚˋ」。

●「ゆyu」來自「由」、台語發「iû，ㄧㄨˊ」。

◎「よyo」來自「與」、台語漳州音發「í，ㄧ↘」，「ヨyo」一說是源自「與」之古代吳音。

◎「らra」來自「良」、日語音讀為「らra」，日本古都「奈良」日語音讀為

「ならnara」，「良」在台語漳州音發「liâŋ，ㄌㄧㄤˊ」，由「liâŋ」音去「i，ŋ」得「lâ」音轉來。

●「りri」來自「利」、台語發「lī，ㄌㄧˉ」。

◎「るru」來自「流」、台語發「liû，ㄌㄧㄨˊ」，由「liu，ㄌㄧㄨ」去「i，ㄧ」得「lu，ㄌㄨ」。

●「れre」來自「禮」、台語發「lé，ㄌㄝ↘」。

◎「ろro」來自「呂」、台語發「lū，ㄌㄨˉ」，但是ro音係漢字「路」台語發「lɔ，ㄌㄛˉ」。

◎「わwa」來自「和」、台語發「hô，ㄏㄛˊ」上古音發「hâ，ㄏㄚˊ」，日語訓讀音發「わwa」。

●「ゐwi」來自「為」、台語發「ûi，ㄨㄧˊ」，現今日文已不用。

●「ゑwe」來自「惠」、但we音來自漢字「衛」台語發「ūe，ㄨㄝˉ」，現今日文已不用。

◎「をwo」來自「遠」、日語訓讀音為「とおさtoosa」中「おo」之音。

◎「んn」來自「无」，「无」通「亡」，台語發「亡」為「bɔ̂ŋ，ゲ ㄛㄥˊ」，取其韻尾「ng，n」之音。

三、日文漢字之音讀、訓讀

日文漢字之讀法分音讀、訓讀兩類。大部分日文中之漢字皆有音、訓二讀。

1.音讀 on'yomi（近似漢字字音之讀法）

指源自中原之讀音，與漢字之中古發音近似。另可細分為吳音、漢音、唐音3類。公元5至6世紀，漢字由長江口附近之吳地方傳入日本，在此時傳入日本而得日文讀音之漢字，讀法稱為「吳音」（**Go-on**）。另外，在奈良時代（710年－794年）後期至平安時代（794年－1185年）初期（唐代末年894年），派往大唐（618年－907年）長安學習之日本僧人學者（日本稱為遣唐使），將漢字帶回日本，依此種方式得音之日文漢字稱為「漢音」（**Kan-on**）；在鎌倉時代（1185年－1333年）至室町時代（1338年－1573年），即相當於「宋」至「明」時代，禪僧留學及帶回之關連書籍，包括民間貿易商旅所傳入日本之漢字讀音，稱為「唐音」（**Tō-on**），實際上應稱為「唐宋音」（指唐代以後之宋音）。例如：椅子（イスisu）、蒲団（フトンhuton）、行灯（アンドンandon）、明（ミンmin）、清（シンshin）之日語唐音接近北宋北方民間用語（即北京話發展期之發音）。

(1) 以漢字「明」為例：日語之「吳音」發「myō」（如mió，ㄇㄧㄛˋ），台語泉州音稱「清明」為「tsiñ-miâ」，「明」發「miâ或myâ，ㄇㄧㄚˊ」即俗稱之台語口語音，以「myō」和「myâ」比較只有韻母「o，a」之別，「myâ」為上古吳地之音（商周時代），「myō」為中古吳地之音（東晉、南朝時代）。歸納起來就「明」字而言，台語保存上古吳音，日語保存中古吳音。

日語之「漢音」發「mei」（如mé，ㄇㄟˋ），台語文讀音「biêŋ，ㄅㄧㄝㄥˊ」，而「mé」亦可拼成「béñ」，就是「biêŋ」之韻母轉為鼻音化，日語「漢音」和台語文讀音近似。

日語之「唐音」發「min」，近似北京話發音「ㄇㄧㄥˊ，mîng」。

（2）佛教用詞「極樂」在日語之「吳音」發「gokuraku」，「極」之吳音發「goku」。

「南極」在日語之「漢音」發「nankyoku」，「極」之漢音發「kyoku」。

「極」之台語漢字音發「kiēk」（陽入調），日語無入聲韻母，因而將漢語顎入聲之韻母轉為附「u，ㄨ」輕聲韻母，以台語拼音法「kyoku」可標音為「kiokúh」。

2.訓讀 kun'yomi（轉借漢字字義之讀法）

和當代漢字原本讀音無關聯而只取其「借用或轉注意義」之漢字讀法，即借用漢字之字義來標示、注解日文詞彙，可說是為了解決原本日文詞彙有音無字之狀況。中國部分方言和韓文亦有漢字訓讀情形。

茲舉例說明：

（1）「東」在日語「音讀」發「tou」（台語文讀音dɔŋ）、「訓讀」發「higashi」。

（2）「西」在日語「音讀」發「sai」（台語口語音sai）、「訓讀」發「nishi」。

佛教用語「西方淨土」日語「音讀」發「さいほうじょうど sai hou jou do」。

佛教用語「西天」日語「音讀」發「さいてん sai ten」，台語為發「sē-tien」。

日本稱「京都」為「西京」，日語「音讀」發「さいきょう sai kyo」，台語為發「sē-kiañ」。

（3）「西」在日語「音讀」發「sei」（台語文讀音se）。

地理方位之「西方」日語「音讀」發「せいほうsei hou」，台語文讀音為「sē-hoŋ」。

地理方位之「西南」日語「音讀」發「せいなんsei nan」，台語文讀音為「sē-lâm」。

「西曆」日語「音讀」發「せいれきsei reki」，台語文讀音為「sē-liēk」。

（4）「南」在日語「音讀」發「nan」（台語文讀音lâm）、「訓讀」發「minami」。

（5）「北」在日語「音讀」發「hoku」（台語文讀音pók）、「訓讀」發「kita」。

四、日語和台語發音相似之漢字字詞

下列漢字之字詞在日語和台語發音音質完全相同或十分相似。

漢字	日語假名	羅馬字	新台語國際音標	新台語注音符號
字	じ	ji	jī	ㄐˇㄧ
度	ど	do	dō	ㄉㆦ一
延期	えんき	enki	iēn-kî	一ㆤㄣ一 ㄍㄧˊ
延燒	えんしょう	enshō	iēn-sio	一ㆤㄣ一 ㄙㄧㆦ
家計	かけい	kakei	kā-kè	ㄍㄚ一 ㄍㆤˇ
機運	きうん	kiun	kī-ūn	ㄍㄧ一 ㄨㄣ一
機宜	きぎ	kigi	kī-gî	ㄍㄧ一 ㄍˇㄧˊ
起訴	きそ	kiso	khi-sò	ㄎㄧ一 ㄙㆦˇ
奇聞	きぶん	kibun	kī-bûn	ㄍㄧ一 ㆣㄨㄣˊ
近視	きんし	kinshi	kìn-sī	ㄍㄧㄣˇ ㄍㄧˊ
近代	きんだい	kindai	kìn-dāi	ㄍㄧㄣˇ ㄉㄞ一
近來	きんらい	kinrai	kìn-lâi	ㄍㄧㄣˇ ㄉㄞˊ
近鄰	きんりん	kinrin	kìn-lîn	ㄍㄧㄣˇ ㄌㄧㄣˊ

漢字	日語假名	羅馬字	新台語國際音標	新台語注音符號
義父	ぎふ	gihu	gì-hū	⟨ˇ一ˇ ㄏㄨ一
義理	ぎり	giri	gì-lí	⟨ˇ一ˇ ㄌ一ˋ
銀器	ぎんき	ginki	gīn-khì	⟨ˇ一ㄣ一 ㄎ一ˇ
古人	こじん	kojin	kɔ-jîn	⟨ㄡ ㄐˇ一ㄣˊ
古代	こだい	kodai	kɔ-dāi	⟨ㄡ ㄉㄞ一
古來	こらい	korai	kɔ-lâi	⟨ㄡ ㄌㄞˊ
山雨	さんう	san u	sān-ú	ㄙㄢ一 ㄨˋ
山水	さんすい	sansui	sān-súi	ㄙㄢ一 ㄙㄨ一ˋ
山野	さんや	sanya	sān-iá	ㄙㄢ一 一ㄚˋ
小宴	しょうえん	shōen	sio-ièn	ㄙ一ㆦ 一ㄝㄣˇ
辛勞	しんろう	shinrō	sīn-lô	ㄙ一ㄣ一 ㄌㆦˊ
仁愛	じんあい	jinai	jīn-ài	ㄐˇ一ㄣ一 ㄞˇ
人煙	じんえん	jinen	jīn-ien	ㄐˇ一ㄣ一 一ㄝㄣ
人氣	じんき	jinki	jīn-khì	ㄐˇ一ㄣ一 ㄎ一ˇ
人君	じんくん	jinkun	jīn-kun	ㄐˇ一ㄣ一 ⟨ㄨㄣ
人身	じんしん	jinshin	jīn-sin	ㄐˇ一ㄣ一 ㄙ一ㄣ
人臣	じんしん	jinshin	jīn-sîn	ㄐˇ一ㄣ一 ㄙ一ㄣˊ
人道	じんどう	jindō	jīn-dō	ㄐˇ一ㄣ一 ㄉㆦ一
人文	じんぶん	jinbun	jīn-bûn	ㄐˇ一ㄣ一 ㆠˇㄨㄣˊ
水仙	すいせん	suisen	sui-sien	ㄙㄨ一 ㄙ一ㄝㄣ
水天	すいてん	suiten	sui-tien	ㄙㄨ一 ㄊ一ㄝㄣ
水流	すいりゅう	suiryu	sui-liû	ㄙㄨ一 ㄌ一ㄨˊ
世界	せかい	sekai	sé-kài	ㄙㄝˋ ⟨ㄞˇ
世故	せこ	seko	sé-kɔ̀	ㄙㄝˋ ⟨ㆦˇ
世代	せだい	sedai	sé-dāi	ㄙㄝˋ ㄉㄞ一
仙台	せんだい	sendai	siēn-dâi	ㄙ一ㄝㄣ一 ㄉㄞˊ
太古	たいこ	taiko	tái-kɔ́	ㄊㄞˋ ⟨ㆦˋ
代議	だいぎ	daigi	dài-gī	ㄉㄞˇ ⟨ˇ一一
代言	だいげん	daigen	dài-giên	ㄉㄞˇ ⟨ˇ一ㄝㄣˊ
代謝	だいしゃ	daisha	dài-siā	ㄉㄞˇ ㄙ一ㄚ一
代代	だいだい	daidai	dài-dāi	ㄉㄞˇ ㄉㄞ一
代理	だいり	dairi	dài-lí	ㄉㄞˇ ㄌ一ˋ

漢字	日語假名	羅馬字	新台語國際音標	新台語注音符號
彈道	だんどう	dandō	dàn-dō	ㄉㄢˇ ㄉㄛ—
天意	てんい	ten i	tiēn-ì	ㄊㄧㄝㄣ— ㄧˇ
天機	てんき	tenki	tiēn-ki	ㄊㄧㄝㄣ— ㄍㄧ
天譴	てんけん	tenken	tiēn-khién	ㄊㄧㄝㄣ— ㄎㄧㄝㄣˋ
天變	てんぺん	tenpen	tiēn-pièn	ㄊㄧㄝㄣ— ㄅㄧㄝㄣˇ
天籟	てんらい	tenrai	tiēn-lāi	ㄊㄧㄝㄣ— ㄉㄞ—
天理	てんり	tenri	tiēn-lí	ㄊㄧㄝㄣ— ㄉㄧˋ
電氣	でんき	denki	dièn-khì	ㄅㄧㄝㄣˇ ㄎㄧˇ
電信	でんしん	denshin	dièn-sìn	ㄅㄧㄝㄣˇ ㄙㄧㄣˇ
電文	でんぶん	denbun	dièn-bûn	ㄅㄧㄝㄣˇ ㄅˇㄨㄣˊ
電流	でんりゅう	denryu	dièn-liû	ㄅㄧㄝㄣˇ ㄉㄧㄨˊ
電路	でんろ	denro	dièn-lō	ㄅㄧㄝㄣˇ ㄉㄛ—
透露	とろ	toro	tó-lō	ㄊㄛˋ ㄉㄛ—
道義	どうぎ	dōgi	dò-gī	ㄉㄛˇ ㄍˇㄧ—
道理	どうり	dōri	dò-lí	ㄉㄛˇ ㄉㄧˋ
道路	どうろ	dōro	dò-lō	ㄉㄛˇ ㄉㄛ—
美顏	びがん	bigan	bi-gân	ㄅˇㄧ— ㄍˇㄢˊ
美姬	びき	biki	bi-ki	ㄅˇㄧ— ㄍㄧ
夫婦	ふうふ	hūhu	hū-hū	ㄏㄨ— ㄏㄨ—
父君	ふくん	hukun	hù-kun	ㄏㄨˇ ㄍㄨㄣ
奮勵	ふんれい	hunrei	hún-lē	ㄏㄨㄣˊ ㄉㄝ—
武器	ぶき	buki	bu-khì	ㄅˇㄨ ㄎㄧˇ
武臣	ぶしん	bushin	bu-sîn	ㄅˇㄨ ㄙㄧㄣˊ
武人	ぶじん	bujin	bu-jîn	ㄅˇㄨ ㄐˇㄧㄣˊ
武道	ぶどう	budō	bu-dō	ㄅˇㄨ ㄉㄛ—
文雅	ぶんが	bunga	būn-gná	ㄅˇㄨㄣ— ㄍˇㄥㄚˋ
文具	ぶんぐ	bungu	būn-kū	ㄅˇㄨㄣ— ㄍㄨ—
文藝	ぶんげい	bungei	būn-gē	ㄅˇㄨㄣ— ㄍˇㄝ—
文庫	ぶんこ	bunko	būn-khò	ㄅˇㄨㄣ— ㄎㄛˋ
文人	ぶんじん	bunjin	būn-jîn	ㄅˇㄨㄣ— ㄐˇㄧㄣˊ

漢字	日語假名	羅馬字	新台語國際音標	新台語注音符號
勉勵	べんれい	benrei	bien-lē	ㆣ一ㆤㄣ ㄌㆤー
野球	やきゅう	yakyu	ia-kiû	一ㄚ ㄍ一ㄨˊ
野人	やじん	yajin	ia-jîn	一ㄚ ㆢ一ㄣˊ
耶穌	やそ	yaso	iā-sɔ	一ㄚー ㄙㆦ
友愛	ゆうあい	yū ai	iu-ài	一ㄨ ㄞˇ
誘因	ゆういん	yū in	iu-in	一ㄨ 一ㄣ
悠久	ゆうきゅう	yūkyu	iū-kiú	一ㄨー ㄍ一ㄨˋ
友誼	ゆうぎ	yūgi	iu-gî	一ㄨ ㆣ一ˊ
遊藝	ゆうげい	yūgei	iū-gē	一ㄨー ㆣㆤー
友人	ゆうじん	yūjin	iu-jîn	一ㄨ ㆢ一ㄣˊ
優勢	ゆうせい	yūsei	iū-sè	一ㄨー ㆲㆤˇ
優先	ゆうせん	yūsen	iū-sien	一ㄨー ㆲ一ㆤㄣ
優美	ゆうび	yūbi	iū-bí	一ㄨー ㆣ一ˋ
來意	らいい	rai i	lāi-ì	ㄌㄞˊ 一ˇ
離散	りさん	risan	lī-sàn	ㄌ一ー ㆲㄢˇ
理解	りかい	rikai	li-kái	ㄌ一 ㄍㄞˋ
理由	りゆう	ri yū	li-iû	ㄌ一 一ㄨˊ
留意	りゅうい	ryū i	liū-ì	ㄌ一ㄨー 一ˇ
留言	りゅうげん	ryūgen	liū-giên	ㄌ一ㄨー ㆣ一ㆤㄣˊ
留連	りゅうれん	ryūren	liū-liên	ㄌ一ㄨー ㄌ一ㆤㄣˊ
流露	りゅうろ	ryūro	liū-lɔ̄	ㄌ一ㄨー ㄌㆦー
類句	るいく	ruiku	lùi-kù	ㄌㄨ一ˇ ㄍㄨˇ
累計	るいけい	ruikei	lui-kè	ㄌㄨ一 ㄍㆤˇ
禮儀	れいぎ	regi	le-gî	ㄌㆤ ㆣ一ˊ
例言	れいげん	regen	lè-giên	ㄌㆤˇ ㆣ一ㆤㄣˊ
禮帽	れいぼう	rebō	le-bō	ㄌㆤ ㆣㆦー
露天	ろてん	roten	lɔ̀-tien	ㄌㆦˇ ㄊ一ㆤㄣ

｜作者簡介

王華南

1949年於台北市出生

籍貫：台灣雲林縣西螺鎮

學歷：國立台灣大學商學系銀行組畢業

　　　國立台灣師範大學鄉土語言教學支援人員培訓班結業

經歷：華南商業銀行國外部科長、副理兼駐行稽核，金融研訓院講師

　　　板信商業銀行國外部經理退休

　　　曾任台北市中山教會執事、曾在義光教會擔任台語講師

　　　曾在台北市社區大學東門學院（東門教會）擔任台灣鄉土民俗課程講師

　　　2004年受僑務委員會之聘請赴美國八大都市做十場台語教學巡迴演講

　　　2005年暑假受美國台灣同鄉會邀請在康乃爾大學做兩場有關台語根源之學術性專題演講，長老教會聯合會邀請在紐約、新澤西、達拉斯、鳳凰城做六場「台語根源」、「以國際音標拼記台語」之專題演講

　　　2006年暑假受美國台灣同鄉會及長老教會聯合會邀請在康州大學、紐約、長島、新澤西、加州山景市、舊金山做六場「台語根源」、「如何運用電腦已有之拼音符號來標記台語之聲母、韻母及聲調」

現任：台北市日新國小台語老師、社區大學鄉土語言及日語講師

　　　在「台灣網路教會」網站主講「語言世界觀」已有一百多集

著作：1989年自費出版《古意盎然話台語》

　　　1992年臺原出版社出版《實用台語詞彙》

　　　1998年臺原出版社出版《台語入門新階》

　　　2004年自費出版《簡明台語漢字音典》

　　　2007年高談文化出版《愛說台語五千年——用台語解讀漢字聲韻》

　　　2007年高談文化出版《講台語過好節——台灣古早節慶與傳統美食》

　　　2010年南島基金會贊助、臺原出版社出版《台語漢字正解》

　　　2012年文水藝文中心贊助、出版《精解台語漢字詞典》

秀威經典　　　　　　　　　　　　　　　　　　　學語言3　PD0032

淵遠流長話臺語

編　　著 / 王華南
責任編輯 / 陳思佑
圖文排版 / 賴英珍
封面設計 / 楊廣榕

出版策劃 / 秀威經典
發 行 人 / 宋政坤
法律顧問 / 毛國樑　律師
印製發行 / 秀威資訊科技股份有限公司
　　　　　114台北市內湖區瑞光路76巷65號1樓
　　　　　電話：+886-2-2796-3638　傳真：+886-2-2796-1377
　　　　　http://www.showwe.com.tw
劃撥帳號 / 19563868　戶名：秀威資訊科技股份有限公司
　　　　　讀者服務信箱：service@showwe.com.tw
展售門市 / 國家書店（松江門市）
　　　　　104台北市中山區松江路209號1樓
　　　　　電話：+886-2-2518-0207　傳真：+886-2-2518-0778
網路訂購 / 秀威網路書店：http://www.bodbooks.com.tw
　　　　　國家網路書店：http://www.govbooks.com.tw

2015年12月　BOD一版
定價：300元
版權所有　翻印必究
本書如有缺頁、破損或裝訂錯誤，請寄回更換

國家圖書館出版品預行編目

淵遠流長話臺語 / 王華南編著. -- 一版. -- 臺北
市 : 秀威經典, 2015.12
面 ； 公分. -- (學語言 ; 3)
BOD版
ISBN 978-986-92097-7-9(平裝)

1.臺語　2.讀本

803.38　　　　　　　　　　　104020435

讀者回函卡

感謝您購買本書，為提升服務品質，請填妥以下資料，將讀者回函卡直接寄回或傳真本公司，收到您的寶貴意見後，我們會收藏記錄及檢討，謝謝！

如您需要了解本公司最新出版書目、購書優惠或企劃活動，歡迎您上網查詢或下載相關資料：http:// www.showwe.com.tw

您購買的書名：＿＿＿＿＿＿＿＿＿＿＿＿＿＿＿＿＿＿＿＿＿＿＿＿

出生日期：＿＿＿＿＿年＿＿＿＿＿月＿＿＿＿＿日

學歷：□高中 (含) 以下　　□大專　　□研究所 (含) 以上

職業：□製造業　□金融業　□資訊業　□軍警　□傳播業　□自由業
　　　□服務業　□公務員　□教職　　□學生　□家管　　□其它＿＿＿

購書地點：□網路書店　□實體書店　□書展　□郵購　□贈閱　□其他

您從何得知本書的消息？

　□網路書店　□實體書店　□網路搜尋　□電子報　□書訊　□雜誌
　□傳播媒體　□親友推薦　□網站推薦　□部落格　□其他＿＿＿＿＿

您對本書的評價：（請填代號　1.非常滿意　2.滿意　3.尚可　4.再改進）

　封面設計＿＿＿　版面編排＿＿＿　內容＿＿＿　文／譯筆＿＿＿　價格＿＿＿

讀完書後您覺得：

　□很有收穫　□有收穫　□收穫不多　□沒收穫

對我們的建議：＿＿＿＿＿＿＿＿＿＿＿＿＿＿＿＿＿＿＿＿＿＿＿＿

＿＿＿＿＿＿＿＿＿＿＿＿＿＿＿＿＿＿＿＿＿＿＿＿＿＿＿＿＿＿＿＿

＿＿＿＿＿＿＿＿＿＿＿＿＿＿＿＿＿＿＿＿＿＿＿＿＿＿＿＿＿＿＿＿

＿＿＿＿＿＿＿＿＿＿＿＿＿＿＿＿＿＿＿＿＿＿＿＿＿＿＿＿＿＿＿＿

11466

台北市內湖區瑞光路 76 巷 65 號 1 樓

秀威資訊科技股份有限公司　　　收

BOD 數位出版事業部

....

（請沿線對折寄回，謝謝！）

姓　　名：＿＿＿＿＿＿＿＿　年齡：＿＿＿　性別：□女　□男

郵遞區號：□□□□□

地　　址：＿＿＿＿＿＿＿＿＿＿＿＿＿＿＿＿＿＿＿

聯絡電話：(日) ＿＿＿＿＿＿＿＿＿　(夜) ＿＿＿＿＿＿＿＿＿

E-mail：＿＿＿＿＿＿＿＿＿＿＿＿＿＿＿＿＿＿＿